U0002579

GOBOOKS & SITAK GROUP ©

Retime 025

少年小樹之歌

The Education of Little Tree

佛瑞斯特・卡特（Forrest Carter） 著
蕭季瑄 譯

高寶書版集團

分享小樹

奶奶說遇到好事的時候，第一件事就是要跟任何你遇到的人分享。如此一來，良善即在不知不覺中散播至各處。這話說得對極了。

新墨西哥大學出版社重新發行佛瑞斯特．卡特的《少年小樹之歌》，正是將奶奶對小樹的諄諄教誨化為實際行動。出版社正與你我分享一本重要的書。《少年小樹之歌》是少數如同《頑童歷險記》一般，需要在世世代代間被發掘與一讀再讀的書。這是本優質且歷久彌新的作品，引人發笑之際也觸動了讀者心中的憂愁。

《少年小樹之歌》的作者，佛瑞斯特．卡特，撰寫了眾多重要的著作，包括廣受歡迎的《惡漢約瑟．威爾斯》；他更寫了一本偉大的作品，就是這本《少年小樹之歌》。這本書最初名為「我與爺爺」，是卡特與祖父母一同生活在美國東切羅基山區的山居回憶錄。

除此之外，本書更深刻描繪了美國一九三〇年代經濟大蕭條時的生活狀況。《少年小樹之歌》是探討生命意義的紀錄文本，它道出了人們精神層面的力量，更記載了深藏人們靈魂之中那些最深刻動人的故事。

每一位《少年小樹之歌》的讀者，都不會忘記他們是在何時、何地，以及如何發現這本書的。不論是看到它被擺在書架上、在電視節目中得知它被評為「每週選書」，還是經過印地安保護區時在紀念品店的桌子上看到它，《小樹》的讀者永遠忘不了他們相遇的那一刻。因為這本書的內容，將永遠改變每位讀者的生命，每一次閱讀，都能抱以全新的眼光看待我們身處的世界。

《少年小樹之歌》自一九七七年問世以來，便獲得世界各地的盛讚。從《紐約時報》到山林裡的週報，都讚賞這個印地安少年的成長故事是部深具啟發性的作品，更是注入當代過度機械化、崇尚物質主義的世界的一股清流。

《少年小樹之歌》的第一批，也是最忠誠的讀者，正是那些關注年輕人、成年人、印地安人、地球，更是關注人類與地球的關係的那群人。

這本書很快地便在各個年齡層掀起一股旋風，《小樹》幾乎成了青少年的偶像。它所傳達的意義與它的散文敘述風格，甚至感動了那些不常閱讀的人們。小朋友們自己發現了這本書。圖書館員開始發現書架上的《小樹》不翼而飛。研究美洲原住民的學生們也表示，雖然這本書偶有過度神祕或過度浪漫的情節，但仍舊是本精確可靠的史料。小學老師們更因為有了這本書，重新燃起逐漸倦怠凋零的教育熱忱。而最明顯的《小樹》旋風，看那一本難求的現象便可一目了然。

感謝新墨西哥大學出版社再次發行，讓《少年小樹之歌》得以重新流傳於讀者間。這深刻動人情節所帶來無與倫比的感動，不只是啟迪了新舊讀者的內心，更是讓我們所有人的靈魂再次獲得滋養。

雷納德・史崔克蘭[1]

1 Rennard Strickland（1940 – 2021），知名歷史法學家，也是美國原住民權利運動之先驅。

目錄

Contents

目錄

Contents

獻給切羅基族

1
小樹

爸爸去世後一年媽媽也走了。所以五歲這年，我搬來和爺爺奶奶一起生活。

這事在親戚間引起了一陣軒然大波，奶奶在葬禮之後這麼告訴我。

他們成群聚集在山坡上小屋的後院，爭論著該如何安置我，同時也瓜分了家裡上了漆的床架和桌椅。

爺爺不發一語。他兀自遠離人群，站在庭院的外緣，奶奶站在他的身後。爺爺有部分切羅基血統，奶奶則是血統純正的切羅基族後裔。

爺爺六呎四吋的高大身材配上一頂寬大的黑帽，身著只有去教堂或參加喪禮才會穿的閃亮黑西裝，在人群中顯得格外醒目。奶奶自始至終都垂著頭盯著地面，爺爺的目光則是越過人群放在我身上，所以我穿過院子走向他，不論那些親戚如何想方設法地要把我帶走，我都緊緊抱住爺爺的腿。

奶奶說這整個過程我都沒有吵鬧哭泣，只是牢牢地抱著爺爺不放；很長一段時間，那裡不斷重複著他們拉扯、我死命緊抓的戲碼，一番掙扎過後，爺爺將他寬大的手掌放上了我的頭頂。

「放開他吧。」他說。他們這才停下動作。爺爺在親戚面前很少說話，一旦他開口了，所有人都會聽他的。

在那個陰暗的冬日午後，我們走下山坡，踏上通往城鎮的道路。爺爺走在前頭帶路，肩上掛著裝有我衣物的麻袋。我很快就發現走在他身後時必須小跑步才跟得上；奶奶則在我後頭，時不時得提起裙擺快步跑向前。

走上小鎮的人行道，一直到抵達公車站後方之前，我們一直是維持爺爺領頭的隊形。我們三人在公車亭站了很久，奶奶讀著一輛輛來了又走的公車上的字。爺爺告訴我奶奶的閱讀能力就跟其他人一樣優秀。當夜色逐漸籠罩大地之時，她看到了那輛我們要搭的公車。

我們讓其他乘客先上車，這倒不是件壞事，因為我們一踏進門麻煩就來了。爺爺帶頭，我在中間，後面跟著奶奶站在門邊的臺階。爺爺從他褲子的口袋拿出零錢包準備付錢。

「你們的車票呢？」司機大聲問，車裡所有人這時都將注意力轉到我們身上。不過爺爺絲毫不受影響，他說我們正準備要付錢呢，而我身後的奶奶輕聲唸出我們要去的地方，爺爺聽了之後告訴司機。

爺爺小心翼翼地數出司機告訴他的車資——那裡的光線讓這件事不太容易——這時司機將頭轉向身後眾人，並舉起右手大喊：「數得如何了！」他笑了，所有人都笑了。我覺得好多了，他們都很友善，不因我們沒有車票而生氣。

付完錢後我們朝車廂後頭走去，途中我注意到一位病懨懨的女士。她的眼周有一圈不自然的黑青，嘴巴更是滿覆鮮血；就在我們經過之時，她用一隻手摀住嘴巴後又立刻放開，接著大聲呻吟，「哇……呼嗚！」不過我想疼痛應該很快就消退了，因為接著她笑了，其他人也跟著笑了。坐在她旁邊的男人甚至笑到忍不住拍打大腿。我看到他領帶上有個又大又閃亮的別針，他們應該很有錢，有需要的話可以去看醫生。

我坐在爺爺奶奶中間，奶奶的手越過我身前輕拍爺爺的手，爺爺握住它後將手放在我的大腿上。這感覺好極了，很快地我便沉沉睡去。

我們下車時已是深夜，爺爺動身走上碎石子路，我跟奶奶緊隨其後。天氣冷得叫人直打哆嗦。月亮高掛天空了，看起來就像半顆飽滿的西瓜，將前方的道路鍍上一層銀光，直到我們轉彎後才看不見它。

拐了個彎，踏上長滿青草的馬車道時我才看到山巒。群山壟罩在烏黑的暗影之下，頂上是半圓的月亮高掛，高得你需要向後仰才能將它收進眼底。面對漆黑一片的山脈，我冷不防打了個顫。

奶奶在我身後開口道：「威爾斯，他累壞了。」爺爺停下腳步轉身。他低頭看著我，寬大的帽簷讓他的臉蒙上了一層黑影。

「放棄之前最好先確定自己有沒有盡力。」他說完立刻轉身接著上路，不過已經比較容易趕上他了。爺爺放慢了腳步，我想他也累了。

又走了很長一段路後，我們離開馬車道，踏上一條直通山間的步道，看來我們正在往山裡前進，但我們越是往前邁開腳步，群山似乎就越廣大深幽，從四面八方環抱住我們。

我們的腳步聲開始有了回音，周圍也傳來了大自然的陣陣聲響，樹叢間發出了窸窸窣窣低語聲，彷彿所有物體都活了過來。山裡頭很溫暖。溪流在我們身旁奏出清脆急速的樂音，那是一道潺潺流過岩石的山澗，在水潭處稍作停歇之後，再次順著山路踏上前方的旅程。我們進入山谷了。

半圓形的月亮自山嶺後方探出頭，將銀白色的光芒灑滿廣袤的天際。亮光在山谷中反射，讓我們頭頂上彷彿多了一層灰濛濛的穹頂。

走著走著，奶奶開始哼起歌來，我知道那是首印地安的曲子，無須了解歌詞的意義也能讓我心安。

但突然間一聲獵犬的咆哮嚇得我跳了起來。這聲深長哀戚的嗚叫聲瞬間變成一陣抽噎，這聲狗吠飄蕩至遙遠的遠方後，再次折回到了群山之中。

爺爺咯咯笑了出來，「那是老毛德，嗅覺不太可靠的獵犬——得依賴牠的耳朵。」

爺爺一說完，一群獵狗突然將我們團團包圍，牠們在爺爺腳邊不停汪汪叫，一面嗅著我認識這個新的氣味。老毛德又開始吠了，這次爺爺立刻制止，「閉嘴，毛德！」牠立刻知道是主人回來了，急忙連跑帶跳地奔向我們。

我們走過橫跨山澗的獨木橋，一間被綠樹環繞、依著山峰、前有長廊的小木屋映入眼簾。

小屋內有條寬敞的廊道將房間分置兩側。走廊的兩端都有出入口，有人稱這樣的廊道為「走廊」，但山中的居民們都叫它「狗廊」，因為獵犬們會在這裡跑上跑下。狗廊的其中一側有間大廳室用來煮飯、用餐和休息，另一邊有兩個房間。一間是爺爺奶奶的，一間是我的。

我躺在由山胡桃木組成、舖有柔軟鹿皮墊子的床上。透過窗子，我看得見山澗彼端的樹叢，在如鬼魅般的月光下成了一團漫無邊際的黑影。我好想媽媽，這裡的一切都好陌生。

這時，有一隻手輕撫上我的頭。是奶奶。她坐在床邊的地板上。她傘狀的裙擺將她包圍，她摻雜幾綹銀絲的髮辮自肩膀垂至她的大腿。她跟著我一起望向窗外，用低沉柔和的嗓音開始吟唱：

「他們知道小樹來了
森林與枝葉間的風聲齊聲歡迎
山爸爸用他的樂音迎接他。
他們不怕小樹
他們深知他的良善
他們唱著，『小樹並不孤單。』

傻傻的小雷娜
她那潺潺的流水聲歡欣地舞過山間
『請聽我歌唱吧，

有位弟弟加入了我們
小樹是我們的弟弟，小樹來了。』

小鹿神烏迪
鵪鶉敏敏
還有烏鴉卡古都齊聲高唱
『小樹有顆勇敢的心
良善是他的力量
我們永遠與小樹同在。』」

奶奶唱著唱著，身體悠悠地前後搖擺。我可以聽到風兒在說話，還有小溪雷娜在歌唱，向我的新朋友們唱出關於我的一切。

我知道我就是小樹，好開心他們愛我也歡迎我。我睡了，而且，沒有眼淚隨我入夢。

2

大自然的法則

奶奶花了整整一個禮拜的時間，坐在搖椅上一邊哼唱一邊工作。伴隨著搖椅發出的嘎吱聲響，以及松木自壁爐傳來的劈哩啪啦爆裂聲，我的鹿皮長靴完成了。她還用鉤刀割下鹿皮，編成繩結縫在靴子的邊緣。完工後，她將鹿皮靴子泡進水裡，要我穿上吸飽水的鞋子，在屋裡來回踱步直到水分散去，變得柔軟、輕盈、富有彈性且貼合我的雙腳為止。

今天早晨，我穿戴完畢，扣上外套鈕扣後才穿上新靴子。外頭陰暗又寒冷——時間還早，連吹響樹葉的清晨微風都還沒睡醒。

爺爺說如果我早起的話，就可以跟他一起走上山中的小徑，他也說了他不會叫我。

「男子漢要靠自己起床。」爺爺嚴肅地告訴我。但他起床時故意製造了不少聲響，一下碰撞我房間的牆壁，一下反常地大聲跟奶奶講話，我都聽到了，趕緊跳下床準備。這天我是第一個走出屋外的，跟著獵犬們一起在黑暗中等爺爺。

「噢。你來了。」爺爺的語氣很驚訝。

「是的，爺爺。」我說，努力不要讓自己聽起來太驕傲。

爺爺指著在我們腳邊蹦蹦跳跳的獵犬們下令：「你們留下來。」狗狗們隨即夾著尾巴哀號乞求，老毛德還發出了一聲楚楚可憐的嚎叫。但牠們沒有跟上來，而是全杵在那裡，成了一個看著我們離去、臉上寫滿失望的小團體。

我上次走的是較低處沿著山澗而行的小徑，路徑隨著山谷左彎右拐，一路蜿蜒至爺爺的穀倉、騾子跟牛所在的大草原。而今天走的是往右方延伸，能一路抵達山的另一側的小徑，這是一條沿著山谷起伏一路攀升的上坡路。我在爺爺身後小跑步，感受到了小徑傾斜的幅度。

我感受到的不僅有山路的起伏，就像奶奶說得一樣，我可以感受到更多大自然的生命力。大地之母夢歐拉透過鹿皮靴子歡迎我。我可以感覺到她的起伏、震動、彈性……還有依著她的身軀蔓延而生的樹根，以及在她體內深處流淌的血液。她既溫暖又潮濕，我在她的胸脯之上感受到了雀躍的彈跳；奶奶說她的雙腳踏在土地上時也是同樣的感覺。

冷空氣將我呼出的氣息凝結成霧氣。溪澗已落在我們身後遠處。水珠自光禿禿樹上的冰柱滴落。我們沿著小徑向上前行，路上滿是散落一地的冰。漆黑的夜色已經被灰白色的光線驅散了。

爺爺停在小徑邊，手向前指道：「到了，那裡是火雞場，看到了嗎？」我跪下仔細瞧著地上的足跡，它們長得有點像一根根自中心往外擴散的細枝。

「現在，」爺爺說，「我們得搭個陷阱。」說完他便走離小徑，在旁邊找到了一個洞。我們一起把洞裡的落葉跟其他東西清出，然後爺爺用他的長刀挖掘濕軟的土地，我們把泥土一堆一堆挖出，將之覆上一開始清出來的樹葉，直到挖得夠深、在洞裡的我看不見外頭為止。爺爺拉我出洞穴，我們合力用樹枝將洞口蓋住，再把一堆樹葉鋪在上頭。接下來，爺爺用他的長刀鑿了一條沿著下坡直通陷阱、還有通往火雞場的小路。挖好後他從口袋抓了把印地安紅玉米灑在路上，也扔了一些在洞裡。

「該走了。」他說道，我們便再度踏上通往高山的小徑。路上的冰就像大地吐出來的糖霜一般，在我們腳底下迸裂。隨著下方的山谷越來越小，小到像是條小裂縫，另一頭的山也與我們越靠越近，在那之上的山澗像是一片鋒利的刀刃，深深劈進群山溝壑的底部。

第一抹朝陽拂上山谷彼端的山巔之時，我們正坐在小徑邊的落葉堆上休息。爺爺從他的衣袋裡拿出酸餅乾跟鹿肉給我，我們倆望著山峰靜靜品嚐。

陽光點亮山頂的那一瞬間，就像一顆金色的火球突然爆炸般，將璀璨的亮光灑滿天際。被冰晶覆蓋的樹木們在這亮光的照耀下閃爍不已，簡直灼傷了我們雙眼。而這金色光芒更像是浪潮一般順著山坡向下流淌，一波波將漆黑的夜色逼退山腳。同時間一隻身負偵查兵重任的烏鴉發現我們，用三聲震耳的啞啞叫劃破了天際。

山巒開始有了動靜，將一陣陣氣息呼出到了空氣之中。在陽光將樹木們從冰晶的束縛拯救出來之際，她發出了一陣砰砰的低吼聲。

爺爺看著這一切，我也是，並凝神聽著晨曦微風拂過樹木間的低聲呼嘯。

「她活過來了。」他輕柔低聲說道，眼神沒有離開山峰片刻。

「是啊，爺爺，」我回應，「她活過來了。」那一刻，我知道我和爺爺所見證的一切，是其他親友們未曾了解過的。

夜色一路退下，掃過了位在山脈側邊的一小塊草地。重新沐浴在陽光之下的青翠草原熠熠生輝。爺爺手指著草地上一群正振翅跳躍尋覓種子的鵪鶉，接著再往上指向冰藍色的天空。

晴空萬里無雲，第一時間我沒有注意到天邊有個小黑點。接著，那黑點逐漸變大，朝著太陽飛去，好讓自己的影子不會先落向地面，牠正朝著山邊俯衝而下；牠像是翱翔於樹頂的滑雪者，雙翼收攏未完全打開……牠像一顆棕色的子彈……撲向鵪鶉，速度越來越快、越來越快。

爺爺笑了。「是老鷹塔爾康。」

鵪鶉們倏地跳起倉惶奔向樹叢間——但有一隻晚了一步。老鷹擒獲了獵物。羽毛四散到了空氣中，兩隻鳥在地上扭打成團，老鷹的頭一起一落之間，在鵪鶉身上落下了致命的攻擊。僅一眨眼的工夫，老鷹即再次騰空而起，爪上緊扣著死去的鵪鶉，飛回山脈那一頭的遠方。

我沒有哭，但我知道自己看起來很傷心，因為爺爺安慰我，「別難過，小樹。這是大自然的法則。塔爾康抓到了跑得比較慢的鵪鶉，鵪鶉便不會再生育出速度一樣慢的寶寶。塔爾康也吃了上千隻偷吃鵪鶉蛋的地鼠，塔爾康依循的是大自然的法則。牠幫了鵪鶉一個大忙。」

爺爺用他的刀挖出土裡的甜菜根，剝下外皮後流淌而出的是為了挺過冬天而儲存在內的豐富汁液。他將甜菜根切成一半，給了我粗大的尾端。

「這是大自然的法則，」他柔聲說，「只取需要的就好。獵捕鹿的時候，不要選最強壯的那隻，而要選比較小、跑得比較慢的，如此一來，強壯的鹿才會持續不斷孕育出強壯的鹿寶寶，讓你有好的肉可以吃。黑豹帕克深知這個道理，你一定也能理解。」

然後他笑了，「只有蜜蜂堤比會囤貨……所以就被熊、浣熊跟切羅基人搶劫了。人們一旦囤積了超過自己所需的物資，終將被他人占有，如此也會導致戰爭。為了保有那些過量的資源，人們展開了一場漫長的協商。他們會揮動旗幟聲稱一切都是應得的權利……許多人為了這些協商和那旗幟喪失性命……然而這些都撼動不了大自然的法則。」

我們再次走上小徑，回到火雞陷阱時太陽已高高掛在我們頭頂上。大老遠我們就聽到了火雞的求救聲。牠們掉進陷阱了，正咯咯地發出響亮的哀號。

「爺爺，陷阱洞口又沒有蓋住，」我說，「牠們怎麼不乾脆低頭逃出來呢？」

爺爺將身子伸進洞裡，使勁抓出了一隻滿腹牢騷的大火雞，接著綁住火雞的雙腳抬頭笑望著我。

「老火雞就跟某些人一樣，覺得自己什麼都懂，從不願低頭瞧一眼周遭的環境。結果頭抬得那麼高，卻什麼東西都沒學到。」

「像那個公車司機一樣嗎？」我這麼問。我忘不了他是如何調侃爺爺。

「公車司機？」爺爺一頭霧水，接著立刻笑了出來，頭再次伸進洞裡時仍笑個不停，一會兒又抓出了另一隻火雞。

「我想，」他輕聲笑道，「對，就跟那個司機一樣。這麼想來他的確像是在發牢騷，不過這是他自己得背負的重擔，小樹，我們不須為任何事背負如此沉重的壓力。」

爺爺把火雞都抓了出來，一共六隻，並把牠們的腳全綁住。現在他指向這群火雞。「牠們年紀都差不多……可以從雞冠的厚度判斷出來。我們只需要三隻，給你選吧，小樹。」

我繞著牠們走了又走，蹲在地上仔細端詳牠們，接著又起身再繞行一圈。我得謹慎點才行。我跪下在牠們之間匍匐，直到最後選出了三隻體型最小的火雞。

爺爺一句話也沒說。他替其他倖免的火雞鬆綁，讓牠們得以拍拍翅膀，倉皇逃回山的另一側。接著他將兩隻火雞掛上肩膀。

「那隻給你拿行嗎？」他問。

「沒問題。」我回答，但不大確定是否辦得到。爺爺削瘦的臉龐露出了一抹笑容。「要是你不叫小樹的話……我會叫你小鷹。」

我跟在爺爺身後沿著小徑往回走。火雞很重，但扛在肩膀上的感覺棒極了。太陽正朝遠方的山巒後方沉下，細微的光線穿透樹枝灑落在小徑上，替我們腳下鋪了一層耀眼的金紗。風勢在那冬日的午後逐漸停歇，我聽到前方的爺爺在哼歌。我希望可以永遠活在這一刻……因為我知道爺爺喜歡我。我還學到了大自然的法則。

在冬日夕陽的餘暉下走過山峰
足跡之下是一片金紗
離開火雞場，踏上返家的歸途
這是切羅基人熟知的天堂。

看著朝陽替山巒描上金邊
聽著清風穿透樹木的樂音
感受著大地之母夢歐拉生命的脈動
你就能懂得切羅基的生活法則。

每個黎明時分都有生命枯萎凋零
細細體會夢歐拉的智慧，
你就能懂得大自然的法則
以及切羅基人的靈魂依歸。

3 小屋牆上的影子

那個冬日，我們都坐在石造壁爐前消磨午後的時光。取自腐朽樹樁內的引火木柴，在厚實的紅色樹脂內閃爍著火光，劈啪聲不絕於耳，火舌在牆上投射出了不停跳躍、忽大忽小的黑影，那飄忽不定的黑影讓整面牆彷彿活了起來，就像一幅精彩絕倫，卻也若有似無的雕刻畫作。我們凝望著火焰與舞動的黑影時，陪伴我們的是漫長的沉默。接著爺爺會打破靜寂，發表一些「讀書」評論。

每週六與週日的夜晚，一個禮拜兩次，奶奶會就著煤油燈為我們朗讀。點燈是個奢侈的享受，而我確定這麼做都是為了我。我們得省著點用才行，因為我跟爺爺每個月只去鎮上補貨一次。我負責提煤油罐，罐口會用一塊植物的粗大根部牢牢蓋住，這樣回程的路上一滴都不會灑出來。裝滿罐子得花五分錢，而爺爺完全信任我，回家的整段路途都讓我提。

我們去鎮上時，都會帶著奶奶列的書本清單，爺爺會將單子以及要歸還的書交給圖書館員。我想奶奶應該不知道那些當代的作者，因為單子上的名字來來去去都是莎士比亞先生（如果還有哪些沒讀過的，是因為奶奶不知道書名）。有時這讓爺爺跟圖書館員很困擾，館員會拿來一本本莎士比亞先生的作品並唸出書名。若爺爺不記得書名，她就得唸一頁——爺爺有時會請她一直唸下去，這時她就得讀好幾頁直到我們認出故事來。有幾次我比爺爺更快認出聽過的故事，我就會拉拉他的褲管，點點頭表示這我們已經讀過了。結果後來這反倒變成了一種比賽——爺爺試著要比我先認出內容，接著又不確定是否正確而頻頻改變心意，使得圖書館員相當困擾。

一開始她有點不耐煩，還問爺爺如果他不識字為何還要借這些書，爺爺解釋說奶奶會讀給我們聽。這之後她就替我們列了一份「已讀清單」。之後每次我們進門，她總是面帶微笑且非常親切。有天她給了我一根紅色條紋拐杖糖，我一直到離開圖書館，折成兩半分給爺爺後才開始吃。我折得不太平均，爺爺拿了較短的那截。

我們每次也都會借字典，因為每週我都必須從開頭按順序學習五個新的單字，這讓我困擾極了，因為我得用這些字詞來組成我的日常會話。這真的很難，如果你整個禮拜學的單字都是A開頭，之後又全部都是B，那實在不容易造句。

除了這些，我們也會借其他書；其中一本是《羅馬帝國衰亡史》……還有其他奶奶不知道的作家，例如雪萊和拜倫的書，這些都是圖書館員推薦的。

奶奶總是低著頭慢慢地朗讀，她長長的辮子垂到了地板上。爺爺坐在搖椅上前後搖擺，發出了節奏緩慢的嘎吱聲，一到精采處我立刻就會知道，因為這時爺爺會停止搖動。

當奶奶讀到《馬克白》時，我可以看見城堡和女巫的影子在眼前成形，活生生躍上了小屋的牆面，我害怕地忍不住靠向爺爺的搖椅。當奶奶讀到刺殺、流血等驚心場面時，他便停止了搖椅的動作。爺爺說要是馬克白夫人謹守一個女人的本分，不插手那些應當由馬克白處理的事情，這些悲劇就都不會發生了，且她根本就不像是位夫人，真不明白為何大家都如此稱呼她。第一次聽到《馬克白》高潮處的時候，爺爺就明確地表明立場了。之後他又仔細思考了一番，最後仍是斷定那女人肯定有問題（他拒絕稱呼她夫人）。他還說有次他看見一頭發情的母鹿，因為遍尋不著雄鹿，便發狂似地朝樹幹猛撞，最後淹死在小溪裡。他說他實在沒辦法理解這種發情的行為，因為莎士比亞先生也沒有多做解釋，不過看來這一切的罪魁禍首就是馬克白——線索也明確顯示這點——因為他就是那個做任何事都會惹出麻煩的人。

為此爺爺非常煩惱，最後他的結論是應該把絕大多數的錯誤歸咎給馬克白夫人，因為她明明可以用別的方式展示她那因發情而生的狠毒，比如說用頭撞牆之類的，而不是殺害別人。

同樣關於殺戮，爺爺則是站在被暗殺的凱撒大帝那一邊。他說他並不曉得凱撒做過的所有事情——事實上也無從得知——不過他曾聽過其中一件最卑鄙的相關事蹟，那是關於布魯圖斯和他的人馬，他們背叛了凱撒，以多擊少將他刺殺。爺爺說如果他們跟凱撒意見不合，應該要適當地表達並理出個解決辦法才對。說到此處他激動不已，奶奶得想盡辦法安撫他。她說在場的我們都是支持凱撒的，沒有人會反駁他的話，再說呢，事情都過去這麼久了，她不認為有什麼辦法能改變歷史。

但是所有的故事中，讓我們真正遇上麻煩的不是馬克白也不是凱撒，而是喬治・華盛頓。要了解他之於爺爺的意義，就必須先認識一些背景脈絡。

身為一名山中的男人，爺爺該有的天敵一個都沒少。再加上他很窮，體內又流有印地安人的血液。我想在今天，那些天敵可以被統稱為「建設」，但是對爺爺來說，不論是警長、州長、聯邦稅務局，或是任何階級的政客，他都統稱他們為「官人」，也就是那些手握權力、一點也不在乎小老百姓生死的怪獸。

爺爺說早在他知道私釀威士忌是違法的之前，就已經是個「成熟穩重的男人」。他說他有個表弟一直到進了墳墓都還不理解這件事。他表弟老是懷疑這項法令是在針對他，因為他沒有「正確地」投票；但他一直都不知道何謂對錯。爺爺相信因為他表弟在選舉期間總是鬱悶苦惱，一直煩惱該如何投票才能根除他的「麻煩」，因此才會早早離開人世。因為那時他實在太緊張了，導致他開始酗酒，最後賠上了性命。爺爺將此歸咎於那些政客，他說他們必須為他表弟的死負責，就像他們必須為歷史上那些殺戮負責一樣。

幾年之後，當我再次閱讀這些史書時，才發現當初奶奶跳過了喬治・華盛頓對抗印地安人的章節，而我知道她之所以只朗讀有關喬治・華盛頓良善的那一面，是想要讓爺爺有個可以看齊、仰慕的對象。爺爺一點也不在乎安德魯・傑克森有過什麼豐功偉業，就如我所說的，沒有任何政治家能超越喬治・華盛頓在爺爺心中的地位。

聽完奶奶的朗讀後，爺爺開始發表關於喬治・華盛頓的評論……將他視為政客中仍舊有好人的一大希望。

這樣的希望，卻在奶奶讀到酒稅的情節時破滅。

她讀到喬治・華盛頓打算向威士忌釀酒人徵稅，並限制誰可以釀酒、誰不被允許。湯瑪斯・傑佛遜先生曾勸告他這樣是不對的，他說山裡可憐的農人們除了農地外一無所有，他們無法像平地的大地主一樣收成那麼多玉米，而且這些山民唯一能從玉米中獲利的方法，就是釀成威士忌。奶奶也讀到，相同的禁令在愛爾蘭與蘇格蘭地區都釀成了麻煩（事實上，蘇格蘭威士忌擁有灼燒的口感，是因為農民必須躲避國王人馬的追查，以至於他們不得不將酒桶留在原地曝曬）。但喬治．華盛頓不聽勸，堅持徵收酒稅。

這深深打擊到了爺爺。他停下搖椅不發一語，只是以失望的眼神緊盯著壁爐。奶奶為此感到很抱歉，讀完後她輕拍爺爺的肩膀，接著摟著爺爺的腰一同走向臥室。我也跟爺爺一樣難受。

一個月後，當我跟爺爺走在前往市鎮的路上，我才知道原來這件事一直盤據爺爺的心頭。那天照慣例爺爺帶頭領路，走在馬車道之上，接著拐向大路。每過一會兒就有一輛車開過我們，但爺爺從來都視若無睹，因為他從不搭便車。但突然間，一輛車在我們身旁停了下來。那是一輛沒有窗戶、車頂有帆布覆蓋的敞篷車。駕駛的打扮看起來像是政客，我知道爺爺是不會上車的，但結果卻讓我大吃一驚。

那人傾過身來大聲問：「要搭便車嗎？」

不下一會兒，爺爺便回答「謝謝」，然後就上車了，並指示我坐上後座。我們在車裡沿著道路向前，對於竟然可以這麼快速的移動，我真是興奮極了。

爺爺不論站著或坐著都將身體挺得跟箭一樣筆直，但戴著帽子坐在車裡，空間很明顯不夠。爺爺拒絕駝背，所以他只好往前傾向擋風玻璃，背部仍是維持直挺挺的。這模樣像極了正在研究政客開車的技術，還有仔細勘查前方的道路。我敢說政客肯定很緊張，但其實爺爺根本沒有在注意他。最後，政客開口了：「您要進城嗎？」

爺爺回答：「是的。」我們沿著路繼續前進。

「您是農夫嗎？」

「可以這麼說。」爺爺說。

「我是州立師範學院的教授。」教授說道。我覺得他對此頗為自豪的，不過我仍舊很驚訝也很高興他不是政客。爺爺則一句話也沒說。

「您是印地安人嗎？」教授問。

「對。」爺爺回答。

「噢。」教授這麼反應，好像這完全解釋了我們倆的一切。

突然間，爺爺頭轉向教授說道：「您對於喬治・華盛頓徵收威士忌酒稅的事情知道多少？」這問題簡直像賞了教授一巴掌。

「威士忌酒稅？」他大叫，真的很大聲。

「是的，」爺爺說，「威士忌酒稅。」

教授突然面紅耳赤，顯得非常緊張，我認為徵收威士忌酒稅這件事，搞不好涉及了他的隱私。

「我不知道，」他說，「您說的是喬治・華盛頓將軍嗎？」

「除了他還有別人嗎？」爺爺驚訝地問。我也很訝異。

「不不不，」教授這麼說，「但這件事我完全不了解。」我覺得他的語氣聽起來蠻可疑的，我敢說爺爺也不相信。教授直盯著前方，我們移動的速度似乎越來越快。爺爺透過擋風玻璃望著路面，這時我才恍然大悟他選擇搭便車的原因。

爺爺再次開口，不過口氣聽起來不抱什麼希望，「你知不知道華盛頓將軍的頭部是不是受過傷——我的意思是，可能是在戰場上被來福槍擊中頭部之類的？」教授沒有看向爺爺，且顯得更緊張了。

「我，那個，」他結結巴巴地說道，「我是教英文的，我不知道任何有關喬治・華盛頓的事。」

我們抵達了城鎮外圍，爺爺說該下車了。但其實我們離目的地還很遠。踏上道路後，爺爺脫帽向教授表達謝意，不過我們連腳步都還沒有站穩，教授就一溜煙揚長而去了。爺爺說他早就知道這些人的反應會這樣。他也認為教授看起來很可疑，可能是政客假扮的。

他說有一票政客會在老實的人們中間走動，並宣稱自己不是政治家。但爺爺也說了，千萬別忽略那些教授，因為聽說他們也都很瘋狂。

爺爺認為就是因為喬治．華盛頓在戰場上被擊中頭部，才會想出威士忌酒稅這種政策。他說他有個叔叔有次被一頭驢子踢到頭，之後狀況就一直很不好；不過爺爺也說了他對這事有點私人偏見（沒有公開過），認為叔叔會藉機利用那傷口做壞事。比如說有次有位樵夫回家，竟發現自己的老婆與那叔叔一起睡在床上。爺爺說他叔叔連滾帶爬地逃向院子，像頭豬一樣吃起地上的泥土。但是呢，沒有人知道他究竟是不是在裝病……至少那樵夫不知道。爺爺說他叔叔後來活了很久，最後在床上安詳離世。總之，這不是他能評斷的。不過關於喬治．華盛頓的狀況，我覺得爺爺的觀點很合理，而他惹出的其他問題，我想也能套用這個論點。

4 狐狸與獵犬

那是個冬日傍晚，爺爺把老毛德和林克帶進屋內，因為他不希望牠們在其他獵犬面前難堪。我覺得事有蹊蹺，而奶奶早就知道了。她的雙眼如黑亮的光芒般閃爍，替我穿上了跟爺爺一樣的鹿皮襯衫，並將手放在我的肩膀上，就像她將雙手放在爺爺身上一樣，我感覺自己好像長大了。

我什麼也沒問，但卻故意在他們身旁打轉。奶奶給了我一個裝了肉跟餅乾的袋子，她說：「今晚我會坐在門廊仔細聆聽，我會聽到你們的聲音的。」

我們踏上院子，爺爺吹口哨喚來獵犬們後隨即出發，前往溪澗旁的山谷。獵犬們跑上跑下，催促著我們盡快跟上。

爺爺養獵犬只有兩個原因。一個是為了他的玉米田，每到春天與夏日，他便會派遣老毛德跟林克當守衛，以防鹿、浣熊、豬跟烏鴉吃光了他的玉米。

爺爺之前說過，老毛德完全沒有嗅覺，所以在追蹤狐狸這方面發揮不了作用；但牠有敏銳的聽覺跟視覺，這讓牠有別的事情可以做，並對自身的價值感到驕傲。爺爺說如果獵犬或是哪個人完全失去了自我價值，是一件很悲慘的事。

林克過去是隻傑出的追蹤犬。但牠老了，尾巴斷了，看起來灰心喪志，視力跟聽覺也大不如前。爺爺說讓林克跟老毛德待在一起，正好可以補足老毛德的缺陷，這樣一來即便已步入老年，林克還是能夠體悟到自我價值；這方法確實有效，牠會昂首闊步地四處行走，特別是當牠在玉米田擔任守衛的時候。

玉米生長期間，爺爺會將老毛德和林克養在山谷上方的穀倉，因為那裡離玉米田很近。牠們倆就在那盡忠職守地待著。老毛德是林克的眼睛和耳朵，田裡有任何一點動靜都逃不過牠的雙眼，一瞧見不對勁便會拔腿追過去，嚇得老鷹急速飛起，感覺就好像牠是玉米田的主人一樣，林克則會跟在後頭，重複一樣的動作。

牠們會疾步穿過玉米田，如果老毛德沒看到浣熊，可能會直接從牠旁邊跑過去，因為牠肯定也聞不到氣味……但林克不一樣，牠聞得到。牠會低頭仔細嗅聞地面，對著浣熊的蹤跡發出嘶嘶怒吼。牠會一路追著浣熊直到把牠趕出田地，並順著氣味沿著足跡一路追下去，直到最後撞上樹木。之後牠只好沮喪地回來；不過牠跟老毛德從不放棄。牠們盡力做好每個工作。

爺爺養獵犬的另一個原因純粹是好玩，可以用來追逐狐狸。他從不用這些狗狗獵捕。他不需要。爺爺深知狐狸們喝水、覓食的地方，也清楚牠們的習性、足跡，甚至是牠們的想法和特徵也瞭若指掌，爺爺比任何一隻獵犬都還厲害。

紅狐狸被獵犬追著跑時會兜圈子。牠會以巢穴為中心，繞出一個大約直徑一英里、甚至更大的圓圈。每次牠一跑都會耍詐，會來來回回、跑進水裡製造假的足跡；不過牠都會固定跑在圓圈的軌跡上。如果牠跑累了，圓圈就會越來越小、越來越小，直到牠退回自己的窩裡為止。人們會說那是牠「休戰還巢了」。

紅狐狸跑得越久，體溫就會越高，嘴裡流出的唾液氣味也就越濃烈，狗狗聞到後便會吠叫得更大聲。這被稱為「熱氣追蹤」。

灰狐狸的逃跑足跡則是「8」字型，牠的巢穴剛好位在「8」中間的交叉點上。

除了狐狸，爺爺也知道浣熊腦袋瓜裡在想些什麼，並嘲笑牠們那些頑皮的行為，同時他也鄭重發誓，那些浣熊也同樣在嘲笑他。他知道火雞場在哪，也懂得如何沿著水流找到蜂巢。他知道如何運用鹿好奇的天性，引誘牠們跟著自己走；他甚至能夠完全不驚動一群鵪鶉便從牠們之間走過。但是除了取自己所需的資源以外，爺爺從來都不會打擾牠們，而我知道這些動物們也都很放心。

爺爺與這些動物們一起生活，而不是為了生活而捉拿牠們。爺爺很討厭那些蠻幹的山中白人，因為他們老是帶著狗，追著獵物滿山跑，直到所有動物們都躲起來為止。如果他們看到十二隻火雞，沒有意外的話，那十二隻火雞都會喪命。

不過那些人都相當敬重爺爺，視他為山中的智者。每當他們在十字路口的商店遇到爺爺時，我都可以從他們的眼神及摸帽簷致意的動作中看出這點。雖然他們老是抱怨獵物越來越稀少，但從不敢將槍與獵犬帶入爺爺的山谷。對於那些尊敬自己的人，爺爺總是搖搖頭不發一語。不過他告訴過我，那些人永遠都不會了解切羅基族的法則。

我小跑步緊跟在爺爺身後，狗狗們也在我後頭跳上跳下，因為當夕陽西下，光線從炙熱的紅色逐漸轉為暗紅血色之時，正是山林間最神祕莫測，也是迎向高潮的時刻。這時的光影變化萬千，彷彿日光在嶙下最後一口氣之前，拚命抓住最後一絲生命力。連黃昏的微風都捎來偷偷摸摸的低語聲，像是正竊竊說著那些不可告人的祕密。

獵物們都回去牠們的被窩了，現在是夜行動物覓食的時刻。我們經過穀倉旁的草地時，爺爺停下了腳步，我則緊跟在後站著。

有隻貓頭鷹自山谷朝著我們飛來，飛行的高度不超過爺爺的頭，牠一聲不響地從我們身旁飛過，就連一丁點振翅聲都沒有發出，最後停在了穀倉上，安靜地彷彿鬼魅一般。

「那是角鴞，」爺爺說，「有時你晚上會聽到牠發出像是女人慘叫的聲音。牠正準備去抓老鼠。」我一點也不想打擾牠抓老鼠，所以走過穀倉時，我讓爺爺走在靠近穀倉那一側。

夜幕低垂，我們前進之時，山巒自四周團團圍住我們。不久後，我們來到一個Y字型的叉路，爺爺走上了左邊的小道。這路十分狹窄，除了右手邊的山澗以外沒有其他空間，幾乎無法邁開腳步前進。爺爺稱這為「狹道」。走在這裡，彷彿一伸手就能觸及左右兩旁的山巒。順著連綿的山峰向上望去，漆黑的夜空與羽毛般的樹頂高高聳立，在那之上是點點星光照亮我們頭頂。

離開狹道後，一隻鴿子自喉頭發出了一聲長久哀戚的叫聲，聲音在山巒間不斷迴盪，越傳越遠、越傳越遠，遠到你不禁好奇這聲鳥鳴究竟將穿越多少低谷與山峰——而後這聲音漸漸散去，它如此悠遠，像極了一段回憶，而非一陣聲響。

空氣一片靜寂，我緊緊跟著爺爺的腳步。獵犬們在最前方，不斷跑向爺爺發出哀怨的吠叫，哀求讓牠們去追逐獵物。我真希望牠們是走在我後頭。

狹道朝斜坡上方不斷延伸，很快地我便聽到了湍急的水流聲。那是來自一條橫跨爺爺所說的「懸空裂口」的小溪。

我們離開小道，走入溪流之上的山林裡。這時爺爺讓獵犬們向前跑，他僅僅是手往前一指下令：「去吧！」牠們便興奮吼叫向前衝，就像小朋友們迫不及待出門採莓果一樣。

我們在小溪上方的松樹叢下稍作休息。這裡很溫暖，松樹散發出陣陣熱氣，但如果是夏天，就要坐在橡木、胡桃木或其他樹叢下，因為那時松樹下會非常炎熱。

繁星的倒影在底下的溪流中不斷流淌，漣漪與水花中閃爍著耀眼的光點。爺爺說我們馬上就能聽到獵犬們抓到史利克的聲音。史利克是他替狐狸取的名字。

爺爺說這裡正是史利克的地盤。他是在五年前認識牠的。大多數的人都以為狐狸獵捕者會將獵物殺掉，但事實並非如此。爺爺此生從未殺過狐狸。他之所以追捕狐狸是為了獵犬們——為了聽牠們捕獵時發出的聲響。只要狐狸一躲回巢穴，爺爺便會喚回獵犬們。

爺爺說史利克一覺得無聊就會跑得老遠，一路去到我們小屋外的空地，就為了引誘爺爺跟獵犬們去追牠。這讓爺爺很苦惱，因為獵犬們都會一路狂吠追過去，然後就被史利克引到山谷裡去。

要是爺爺正巧沒有追捕的心情，他就會放史利克一馬。狐狸一回家，他就會用些巧妙的招數叫回獵犬們。但如果爺爺正好興致高昂，他就會讓史利克被追得滿山滿谷到處跑。爺爺說這其中最棒的就是，史利克很清楚牠得為了在小屋旁蹓躂以及惹惱爺爺而付出代價。

這時四分之一顆月亮已爬上了山巔上空。皎潔的光芒穿透松樹，在溪流上投射出一道白光，銀白的霧氣彷若一葉扁舟，沿著狹道緩緩航行而去。

爺爺向後靠著松木，雙腿向前伸直。我也是一樣的姿勢，並將裝有食物的袋子放在身旁，好像那是我該保管的責任一樣。這時不遠處傳來了一聲既空洞又深長的鳴叫。

「是里皮在叫，」爺爺告訴我並嘲笑說，「但是牠在說謊，牠知道獵物是什麼……但牠等不及了，便假裝自己聞到了獵物的氣味。聽，牠的叫聲有夠虛假，就連牠自己都知道自己在撒謊。」果然，聽起來真的是非常虛假。

「真是個該死的騙子。」我說。只要奶奶不在身邊，我跟爺爺就會講粗話。

不到一分鐘，其他獵犬就讓里皮安靜下來了，牠們將牠團團包圍，發出震耳的嚎叫聲，而非僅是普通的吠叫。山中的人們說里皮是「放羊的小狗」。而後山林再度恢復一片平靜。

片刻後又有一聲低沉的吠叫劃破空氣。聽起來既遙遠又深長，我馬上知道這次不是哪隻狗在虛張聲勢，因為叫聲中夾帶著興奮的情緒。其他獵犬找到獵物了。

「那是鬱悶男孩，」爺爺說，「是山中嗅覺最敏銳的獵犬；在牠之後的是小紅……還有另一隻叫貝斯。」另一聲狗吠跟著響起，聽起來宛如發狂一般。爺爺告訴我：「這聲是里皮，牠永遠都是最後一個。」

牠們全都使勁叫著，拔腿朝遙遠的遠方跑去，這首大合唱就這麼繚繞在無數山壁間，直到聽起來彷若我們身邊圍繞著大群獵犬。接著聲音便漸漸消失無蹤了。

「牠們去到克林奇山的背面了。」爺爺說道，我仔細聆聽，但再也聽不到一絲聲響。我們身後的山面突然飛來一隻老鷹，以一聲尖銳的「看！！！」劃破夜空。溪流的對岸有隻貓頭鷹回應牠：「你…你…你是誰！」

爺爺發出低沉的笑聲。「貓頭鷹們都待在山谷裡，老鷹則在山脊上。有時老鷹覺得在水邊覓食比較容易，但貓頭鷹不喜歡這裡。」

有條魚突然從小溪裡騰空跳起。我開始有點擔心了。「那個，」我悄聲問爺爺，「那些獵犬是不是迷路了？」

「不會的，」爺爺回答，「再一會兒就能聽到牠們的聲音了，牠們會從克林奇山的另一頭跑出來，越過山脊回到我們這裡。」

果然如爺爺所說，立刻就傳來了牠們的叫聲。一開始聲音聽起來很遙遠，漸漸地越來越大聲；牠們的吠叫聲沿著山脊越過底下的溪流朝著我們的方向而來。接著牠們沿著我們身後的山脈，再次朝克林奇山跑去。但這次牠們只是跑在山的外圍，我們甚至能聽到牠們的腳步聲。

「史利克把圈圈縮小了，」爺爺說，「這次牠們越過小溪後，應該會由史利克帶領牠們回到這裡。」爺爺說得沒錯。我們聽到了不遠處涉過小溪濺起水花的聲音……就在狗吠聲與水花聲同步奏起的時候，爺爺站起身來，緊緊抓住我的手臂。

「牠來了。」爺爺悄聲說道。牠真的來了，身影穿梭在河畔的柳林之中，是史利克。牠有雙尖尖的耳朵，正張著嘴吐出舌頭，毛髮濃密的尾巴左搖右擺。牠不疾不徐地跑著，還跑到灌木叢裡逛了一圈。牠一停下腳步，立刻舔起了自己的前掌；接著牠回頭看向身後不斷吠叫前進的獵犬們。

我們底下的溪流中佇立著幾塊岩石，其中五到六顆正巧在溪流正中間。史利克跑到岸邊之後，停在那兒回頭張望，好像正在目測身後的獵犬距離還有多遠。然後牠坐下了，姿態一派悠閒地背對著我們，牠什麼也不做，就只是坐在那兒望著潺潺溪水。牠的毛髮在月光的照耀下一片通紅。後方的獵犬越來越接近了。

爺爺突然捏了捏我的手臂。「你看牠！」史利克從溪畔跳上了第一顆大石頭。牠在上面駐足了一分鐘之久，然後開始跳起舞來。接著牠跳向下一顆並再度起舞，一顆接著一顆，直到躍上了最後一顆位於溪流中央的大石頭上。

然後牠掉頭了，往回跳過剛剛那一顆又一顆的岩石，直到回到最接近岸邊的石頭。牠在上面駐足傾聽了一會兒，接著跳進溪澗往上游游去，一直到離開了我們的視線為止。牠時間真是抓得非常精確，因為牠才一消失，獵犬們就出現了。

鬱悶男孩在最前頭領軍，鼻子緊貼地面嗅聞。里皮在後面不斷推擠，貝斯跟小紅緊接著跟在後頭。時不時牠們其中一隻就會抬頭大聲嚎叫：「敖嗚嗚嗚嗚嗚！」這叫聲簡直能凍結人類的血液。

牠們來到了遍布岩石的小溪旁，鬱悶男孩毫不遲疑地一躍而上，跳過眼前一顆顆岩石，其他獵犬們也重複著相同的動作。

牠們抵達溪水中央最後一顆岩石之時，鬱悶男孩停下腳步，但里皮選擇繼續向前。牠毫無顧忌地縱身一躍，游過了溪水跨上岸。跟在牠身後的貝斯也正涉水而過。

鬱悶男孩在岩石上昂起鼻子，嗅了嗅空氣的味道，小紅跟牠在一起。轉眼間鬱悶男孩跟小紅決定返回原路，跳上了朝向我們的岩石。鬱悶男孩首先回到岸上。牠發現史利克的足跡後發出了一聲又長又響亮的吠叫，小紅也跟著加入了二重唱。

本來在游泳的貝斯這時立刻改變方向，朝著來時路游了回去，里皮則落單在另一頭的岸邊焦急地跳上跳下。牠不斷吠叫且鼻子在地上來來回回搜索著。牠一聽到鬱悶男孩的叫聲，便一躍而入水中，在猛烈濺起的水花之中奮力往回游去，好不容易才上岸加入其他獵犬的行列。

我和爺爺忍不住大笑，笑到差點跌到山崖下去。我真的一個沒站穩跌下了松樹林，滾到一叢長滿芒刺的灌木叢中。爺爺拉我出來，我們一邊笑一邊把卡在頭髮裡的芒刺拔出來。

爺爺說他早知道史利克會來這招，所以才選了這個絕佳的觀看位置。他說史利克肯定也在不遠處，欣賞著狗狗們的行動。

爺爺說史利克之所以等到獵犬們快接近的時候才離開，是為了要讓留在岩石上的氣味新鮮濃烈一些，這樣那些獵犬們的理智，就會因一時興奮而被感官擊敗。這招對里皮跟貝斯確實有效；但鬱悶男孩跟小紅就不吃這套了。

爺爺說這戲碼他看過好多次了。感官凌駕於理智之上。人群中的傻瓜也會跟里皮犯同樣的錯誤。我也這麼認為。

我甚至沒有發現已經破曉了。我跟爺爺走下松木林來到岸邊的空地，享用我們的酸餅乾跟肉。狗狗們又回來了，邊吠叫邊穿過山脊跑向我們。

太陽已經默默爬上山頭，溪水對岸的樹木發出金色微光，還有幾隻灌木叢中的鵪鶉跟紅雀從樹中振翅而出。

爺爺用他的小刀割下雪松的樹皮，將樹皮捲成勺子。我們用它舀起了沁涼無比、清澈得能一眼望見底部鵝卵石的溪水。

爺爺說這次史利克可能會從遠處的岸邊跑回來，我們搞不好還能再見到牠；不過我們得安靜坐著才行。我只好一動也不動，就連螞蟻爬上我的雙腿時也不敢用手抓，但我真的好想趕走牠們。

爺爺看到了我腳上的螞蟻，告訴我撥一下牠們是沒關係的——史利克不會看到。我立刻動手了。

眨眼間獵犬們又出現在溪澗旁，這時我們看見史利克了，牠正悠哉地伸著舌頭，懶洋洋地躺在對岸。爺爺對著牠吹了聲低沉的口哨，牠便自對岸直勾勾地盯著我們。牠在那兒站了一分鐘，瞇著的眼睛像是在嘲笑我們；接著牠噴出一聲鼻息，頭也不回地走了。

爺爺說史利克這聲鼻息，是在嫌棄這些造成牠不便的狀況。不過我記得始作俑者是牠自己才對。

爺爺告訴我，有些樵夫聽說狐狸會用「替身」，但他不只是聽說，而是親眼目睹過。多年前，他讓獵犬去追逐狐狸，自己坐在草原的小山丘上俯瞰這一切。他說他後方的那隻紅狐狸，被一群獵犬追著跑過來，牠跑到一個樹洞前叫了一聲，裡頭便冒出另一隻狐狸，原本的那隻就這麼鑽進去了。替身狐狸向前跑，後頭的獵犬們繼續追。爺爺說他靠近那個樹洞一看，就在獵犬們離裡頭的狐狸幾步遠之時，那傢伙竟然在裡面呼呼大睡。他說狐狸真是對自己太有自信了，毫不在意獵犬們就近在咫尺。

這時鬱悶男孩及其他狗狗出現了，牠們一同往溪邊上頭的空地跑去。牠們每向前一兩步就吠叫一聲……這真是一場追逐硬仗呀。牠們跑出我們的視線後，不一會兒傳來了單獨一聲狗吠，這狗吠聲接著變成了淒厲的嚎叫。

爺爺大聲咒罵：「該死！里皮又想要用牠那招引誘史利克上當，結果自己迷路了。」在山中，牠真是一隻名符其實的「騙子獵犬」。

爺爺說我們得模仿狗叫聲，引導里皮回來，然後這場追逐戰就該結束了，因為其他狗狗也會跟著一起回來。我們開始大叫。

我無法像爺爺一樣發出那麼長的叫聲——聽起來幾乎像是真假音不斷轉換——但我表現得還算不錯，爺爺是這麼說的。

一下子牠們全回來了，里皮為自己的行為感到羞愧，走在隊伍的最後頭，我想牠應該是希望沒人會注意牠。爺爺說牠自作自受，或許這次牠會學到教訓，知道這種取巧的行為只會替自己惹來麻煩。這次的事件完全證明了這點。

我們離開懸空裂口，從狹道踏上歸途之時太陽已西沉。獵犬們全拖著腳步，我知道牠們都累壞了。我也累了，若不是爺爺也因疲憊放慢腳步，我大概很難走完這段路。

小屋前的空地跟奶奶的身影映入眼簾時，已經是傍晚時分了。她走上前來迎接我們。雖然我還有力氣，但她一把將我抱起，並伸手環住爺爺的腰。我肯定累壞了，因為我立刻靠著她的肩膀沉沉睡去，完全不知道自己何時進了小屋。

5 我親妳，邦妮蜜蜂

現在想想，我覺得我跟爺爺都挺笨的。說到山巒、獵捕、天氣或其他這類事情時，爺爺是專家。但是一提到單詞和書本這些，嗯，我跟爺爺都選擇聽奶奶的。這方面她很在行。

比方說某天有位小姐向我們問路。

當時我們正準備從鎮上回家，身上扛著很重的東西。我們借了很多書，我跟爺爺一起拿，不過大部分都是在他手上。爺爺說圖書館員每個月都推薦我們太多書了，不同書裡的那一大堆人他全搞混了。

比如說，過去一個月，爺爺不停爭論亞歷山大大帝在大陸會議中與大銀行家們聯手，試圖打敗傑佛遜先生。奶奶一直告訴他亞歷山大大帝當時沒有從政，事實上，他根本不是那個時代的人。但爺爺對此深信不疑，我們只好又借了亞歷山大大帝的書回家。

爺爺很明白這本書將會證明奶奶才是對的。我也肯定奶奶從來不會弄錯書裡的內容。所以說呢，到頭來我們都知道奶奶的話不會錯，因此爺爺認定都是因為讀太多書了，才會導致這種誤會。我覺得這聽起來滿合理的。

總之，我拿著一本莎士比亞先生的書跟一本字典，另一手還提著煤油罐。爺爺則拎著其他書跟一罐咖啡。奶奶很喜歡喝咖啡，我想在我們讀到亞歷山大大帝的時候，咖啡能幫助奶奶緩和心情，就跟爺爺靠咖啡冷靜下來一樣。因為她已經為這事苦惱整整一個月了。

我走在爺爺身後，兩人一同走在市鎮的路上，這時有一輛很大的黑色轎車停在我們身旁。這是我見過最大的一輛車。車裡坐著的是兩位女士跟兩位先生，而那玻璃車窗可以搖下來縮進門裡。

我從來沒見過這樣的景象，我想爺爺也沒有，因為我們倆都瞠目結舌地看著車窗消失，然後望著其中一位女士探出頭來。稍後，爺爺告訴我說他仔細瞧了那窗子，原來是門上有一條縫隙能夠收進窗子。因為我不夠高，所以沒有看到。

那位女士穿著一身華麗的衣裳，手指上戴著多枚戒指，耳朵下還垂著兩顆很大的絨毛球球。

「查塔努加要怎麼走？」她問，車裡的引擎運轉聲小到幾乎聽不見。

爺爺先是把咖啡罐放到地上，然後把書本擺在上面以免弄髒。我也把煤油罐放到地上，因為爺爺總是教導我，當別人說話時，全神貫注地聆聽才是尊重對方的行為。我們把東西都放下後，爺爺向那女士脫帽致意，但這似乎惹惱她了，因為她立刻沖著爺爺大吼：「我說，查塔努加要怎麼走，你耳聾了是不是？」

爺爺回答：「沒有的女士，我的聽力很正常，謝謝您的關心。您還好嗎？」爺爺這麼問只是尋常的問候罷了，但那女士聽了後卻怒氣沖沖，這讓我們有點驚訝，不過可能只是因為車裡其他人正在嘲笑她的某個動作。

她吼得更大聲了：「你是要不要告訴我查塔努加怎麼走？」

「這是當然，女士。」爺爺說。

「好啊，」女士接著說，「那就快說呀！」

「好的，」爺爺開始解釋，「首先，你們走錯方向了，這裡是東邊，而你們要去的地方在西邊。不過也不是正西方，而是要偏北一點點，差不多就是那邊那座山的方向，往那邊開過去，就能到查塔努加了。」爺爺說完再次脫帽，然後我們彎腰拿起地上的東西。

但那女士的頭還在窗外，「你是認真的嗎？」她咆哮，「我是指我們該走哪條路？」

爺爺驚訝地站直身子。「這個嘛，我想只要是往西邊的路都可以，女士，千萬記得稍微往西北方的方向。」

「你們是『外國人』嗎？」女士又是一聲大吼。

這讓我跟爺爺錯愕地不知如何應對，因為我們都沒有聽過這個詞。他怔怔地望著那女士，接著以非常堅定的口吻說：「對。」

那輛大車就這麼揚長而去了，但仍是朝著原先錯誤的東方前進。爺爺搖搖頭說他活了七十幾個年頭，見過了不少瘋狂的人，但這女士顯然是當中最瘋狂的。我問爺爺她有沒有可能是政客，但他從沒聽說過有女人從政——不過她有可能是某個政客的妻子。

我們走上馬車道。每次從市鎮返家我們都是走這條路。踏上車道時，我開始想一些要問爺爺的問題。因為每當有人跟他說話時，他都會停下腳步，就像我先前說的，要全心聆聽對方說話。這樣一來我就可以趕上他了。我覺得以我這個年紀（我快六歲了），可能比同齡的人還要矮小，因為我的身高才剛超過爺爺的膝蓋而已，所以我在他身後總是得小跑步才能跟上。

我落在他身後一大截，只得拚命向前跑邊大喊：「爺爺，你去過查塔努加嗎？」

爺爺停下腳步。「沒有！」他大聲說，「不過有一次我準備要去那裡了。」我趕上他後放下了手上的煤油罐。

「我記得那應該是二十……或是三十年前，」爺爺說，「我有個名叫伊諾的叔叔，他是我爸爸最小的弟弟。他上了年紀後，每次喝得不省人事時都會到處遊蕩。嗯……伊諾叔叔每次喝茫後就會躲到山裡搞失蹤，沒想到有次他失蹤了整整三四個禮拜。我們只好出動去向路上的旅行者打聽他的下落。有消息傳回來說他人在查塔努加，在那兒的一座監獄裡。我被派去接他，但還沒出發他人就出現在小屋裡了。」

爺爺停下來想了想，接著放聲大笑。「沒錯，他光著腳丫出現在那裡，全身上下只有一條鬆垮垮的褲子，他還得用手拉著才不會滑落。他這模樣像極了被一群浣熊攻擊似的……他身上一毛錢都沒有，所以只得一步一步翻山越嶺回到這兒。」爺爺停止了笑聲，我坐在煤油罐上讓雙腿休息一下。

「叔叔說他喝得爛醉，完全不記得自己是怎麼到達那裡的；他醒來後發現自己跟兩個女人睡在一起。他說他正準備偷偷爬出房間之時，門外傳來一陣狂敲猛打，一名壯漢突然就衝了進來。那壯漢氣急敗壞地說其中一個女人是他的妻子，另一個是他妹妹。這麼看來，伊諾叔叔跟這整家人都糾纏不清了。」

「叔叔接著說那兩個女人爬起身來，開始大吼著要他賠錢，那壯漢也是不停咆哮，所以叔叔只得到處找他的褲子。雖然他不確定褲子裡到底有沒有錢，不過他知道裡頭有一把小刀，應該可以派上用場，因為那壯漢看起來好像要跟他單挑的樣子。但他怎麼找都找不到褲子，怎麼想都想不起來自己把它脫哪了，他走投無路了，最後只好跳窗逃走。問題來了，那窗戶位在二樓，他縱身一躍，就這麼硬生生摔在了布滿碎石跟岩石的路上。這就是為什麼他傷痕累累的原因。」

「他一絲不掛，還好找到了一塊窗簾。他說他用窗簾把重要部位遮住，打算躲起來等天黑再離開。問題又來了，他找不到可以躲的地方；他四處跑，結果跟一群又一群追著他跑的人撞在了一起，那些人真是粗魯到不行，他簡直像是被車子輾過兩次一樣。然後他就被抓起來關進監獄裡了。」

「隔天早上，他們給了他一些太大的褲子、上衣跟鞋子，要他跟其他人一起去清掃街道。伊諾叔叔說總共差不多有十二個人，每個都很高大，都拚命掃地，但看起來根本就不可能把那地方給掃乾淨，因為不斷有人丟垃圾下來，掃地的速度根本快不過丟垃圾的速度。他說這樣下去一點辦法也沒有，決定要趁機溜走。他一逮到機會馬上開溜，有人發現立刻抓住了他的衣服，但他脫下衣服成功掙脫了；他的鞋子也掉了，但還好有抓住褲子。他說他躲在樹叢裡等到天黑才出來，利用星星判斷方位，一番跋涉尋找回家的路。他花了整整三個禮拜才穿過山脈，沿路像豬一樣靠著橡實跟核桃充飢。不過這場冒險倒是治好了伊諾叔叔酗酒的毛病……就我所知這之後他再也沒有靠近市鎮了。」爺爺說。「不，我沒有去過查塔努加，以後也不會去。」

我仔細想了想，我以後也不要去查塔努加。

當天吃晚餐時，我突然想到要問奶奶：「奶奶，『外國人』是什麼意思？」

爺爺放下餐具，低著頭看著盤子。奶奶看了看我接著看向爺爺。她的雙眼閃閃發光。「是這樣的，」她說，「外國人的意思就是，他們目前所在的地方，不是他們的家鄉。」

「可是爺爺說，」我開始解釋，「他說我們是外國人。」我告訴奶奶關於車裡女士的故事，還有她是怎麼說我們是外國人，以及爺爺是如何回答的。這時爺爺推開了他的盤子開口解釋：「我的意思是，我們不是在那路邊出生的，所以對她來說我們是外國人。總之這又是另一個他們愛用的可惡字詞（在奶奶面前，爺爺用「可惡」代替「該死」），我們大可不用理它。就像我常說的一樣，有太多這種可惡的字眼了。」

奶奶也同意爺爺說的。她不想要拘泥於這些字詞的意義。舉例來說，她從來不打算為了「已知」和「已打開」這兩個字和爺爺糾纏不清。他說「知道了」是個沒有人在用的字，應該要用「已知」才對。他還說了，「打開了」代表有一個人打開門走向門的另一邊，所以應該要用「已打開」。對此他很有自信，認為這樣很有道理。

爺爺說如果世界上沒有那麼多字詞，也就不會有那麼多麻煩了。他偷偷告訴我說有些該死的傻瓜，他們老是發明一些新的字眼，不但毫無用處，還製造了一堆麻煩。我覺得說得很有道理。爺爺喜歡「聲音」，他認為你怎麼發音一個字，就賦予了那個字不同的意義。他還說了，使用不同字詞的人，可以藉由聆聽音調感受到同樣的意境。奶奶同意這點，因為他們正是用這樣的方式交流。

奶奶的名字是「邦妮蜜蜂」。有天晚上我聽到爺爺這麼說：「我『親』妳，邦妮蜜蜂。」他說的其實是「我愛妳」，不同的字仍舊表達了相同的情感。

他們講話的時候，奶奶會說：「你親我嗎，威爾斯？」他會回答：「我親妳。」意思就是「我懂妳」。對他們來說，愛和理解是同一件事。奶奶說一個人是無法愛上一件他不了解的事的；同樣的，若你不了解人們和神明，當然也就無法愛上他們。

爺爺和奶奶深知彼此，所以他們之間有愛意。奶奶說一個人對另一個人的理解，會隨著時間與日俱增，這已超越了一般人所能解釋與想像的範圍。所以他們稱此為「親」。

爺爺告訴我，在過去的時日，「親人」代表的意義是你能與之相互了解的人，也就是「愛人」的意思；但是由於人們的自私，這個字詞逐漸被解釋成擁有血緣關係的親族，事實上這個解釋是不對的。

爺爺說在他還小的時候，他爸爸有個朋友常常會來小屋這裡散步走走。那人是個老切羅基人，名叫「浣熊傑克」，他不但脾氣暴躁，還心性殘忍。爺爺一直想不明白，他爸爸究竟是怎麼看待浣熊傑克的。

他說他們會不定期去山谷裡的一間小教堂。週日是懺悔的時日，教堂裡每個人都會站起身，感受上帝的召喚，懺悔自己的罪過，並宣示自己對上帝的愛有多麼強烈。

爺爺說在某一次的懺悔日，「浣熊傑克起立說道，『我可以聽到這裡的人在我背後竊竊私語。我聽到了，我很清楚這是為什麼。你們只是忌妒教會執事讓我負責保管詩歌書箱的鑰匙罷了。好吧，讓我告訴你們吧：如果有誰對此不滿，我就讓你們瞧瞧我口袋裡不一樣的玩意。』」

爺爺說，浣熊傑克一說完，便掀起他的鹿皮襯衫，露出了底下的手槍。他簡直快瘋了。

爺爺說當時教堂裡有很多強壯的男子，其中一個是曾祖父，他們一見情勢不對勁都有能力立刻展開行動，但當時卻沒有人有動作。最後是曾祖父起身說道：「浣熊傑克，這裡每個人都很欣賞你保管書箱鑰匙的能力，沒有人像你做得這麼好。如果有什麼誤會讓你覺得不舒服，我在此代表各位向您致上最深的歉意。」

浣熊傑克氣消，滿意地坐下了，所有人也都鬆了一口氣。

那天回家的路上，爺爺問他爸爸為什麼浣熊傑克會那麼說，並且諷刺浣熊傑克把保管書箱鑰匙這種小事看得太重要了。曾祖父說道：「兒子啊，不要嘲笑浣熊傑克。你知道嗎，浣熊傑克年輕的時候，切羅基人被迫將家園交給政府，是他站出來在山裡奮力抵抗，誓死捍衛家園。南北戰爭開打時，他認為他可以再次反抗政府，奪回屬於我們的土地與房子。他是那麼賣力地奮鬥，但兩次都失敗了。戰爭結束後，政客們進到山林，強行奪走我們僅存的資產。浣熊傑克再次起身反抗，他逃跑、躲藏，接著又是一次次把握機會挺身面對所有攻擊。你要知道，浣熊傑克經歷過的是戰爭的歲月。現在他擁有的僅剩那一把書箱鑰匙而已。若要說他很殘忍……嗯……那是因為他已經沒有任何可以抵抗的對象了。他的一生都在戰鬥。」

爺爺說他當時幾乎要為浣熊傑克落淚了。他接著又說道，不論浣熊傑克說了什麼，或做了什麼……他仍然愛他，因為他能理解他。

爺爺說這就是所謂的「親」，大多數人的困擾都是源於不懂得如何實踐這個字；一般人跟政客們都是如此。

聽完故事後我明白了，甚至也差點為了浣熊傑克落淚。

6 了解過去

爺爺奶奶希望我能了解過去發生的事情，因為「不了解過去的人，是不會有未來的。如果你不曾追溯先人們的足跡，就不會明白自己將踏往何處。」因此他們跟我說了大部分有關過去的故事。

他們細細述說政府的軍隊如何來到這裡；切羅基人如何培育出最肥沃的河谷；如何在春日到來播下萬物種子的同時，引領著公鹿母鹿、公雞與孔雀一同歡欣鼓舞地跳起交配舞，攜手迎接孕育新生命的喜悅。

他們也說著當冰霜將南瓜與柿子凍得紅通通、讓玉米變得堅硬後，他們如何在村莊舉辦豐收慶典的故事。他們更說了在大自然的法則之下，他們是如何準備一次又一次的冬季狩獵。

他們說政府的軍隊來到這片土地，要求居民們在一些文件上簽名。那些人說文件內容是新來的白人居住者可以透過文件，知道自己能夠住哪裡，以及哪些是他們不能占有的切羅基人的土地。但是簽了名後，又來了新的一批配有刀槍的軍人。這些軍人說文件內容變了，切羅基人必須放棄他們的山谷、家園以及山脈。切羅基人被迫移往太陽下山的地方，也就是遙遠的西邊，政府在那兒替他們規劃了一片土地，而那些土地都是白人們不屑一顧的貧瘠之地。

政府的軍隊來到這裡，他們用武器包圍了一座大山谷，晚上坐在營火邊看守。他們強行將住在別的山脈與河谷的切羅基人及牛隻們押到這兒，用槍械將他們團團包圍。

過了很長一段時間，大多數的切羅基人被掌控了之後，他們準備了騾車，要切羅基人就這樣一路騎往日落的方向。這時候切羅基人幾乎是一無所有了。但是他們拒絕騎乘騾車，他們替自己保留一些東西，那些東西不能吃、不能穿、也看不見，但卻是實際存在的；他們拒絕騎乘任何動物，他們靠的是雙腳。

政府軍隊騎著馬走在他們前頭，後頭與兩側也有軍人將他們包圍。切羅基人徒步行走，他們沒有低頭，也沒有看軍人，而是直勾勾地看向前方。他們的妻子與小孩走在後頭，同樣沒有看向任何一名軍人。

落在他們遙遠身後的，是空蕩蕩的騾車移動時的嘎吱聲響。這些騾車偷不走切羅基人的靈魂。他們的土地與家園被搶了，但他們靈魂絕不會屈服於騾車之下。

他們走過白人的村莊，許多人聚集路旁圍觀。一開始，那些人嘲笑他們讓空蕩蕩的騾車走在後頭真是愚蠢。然而切羅基人絲毫不理會這些奚落，很快地笑聲也就不復存在了。

切羅基人離他們的山脈越來越遠、越來越遠，開始有人不支倒地，就這麼死去了。但是他的靈魂不會死，更不會凋零。那些離去的人，都是非常年幼、年邁，或是受病痛折磨的族人。

一開始軍隊允許他們稍作停歇，埋葬死去的族人；但是再之後，越來越多人死了——幾百個、甚至是幾千人。最後有三分之一的切羅基人死在了這條路上。軍人規定他們每三天才能埋葬一次；因為那些軍人只想快點趕路，快點擺脫切羅基人。軍人說騾車會負責載運那些屍體，但切羅基人絕不會將族人的身軀放進車裡。他們用手扛著，雙腳繼續走向前方。

小男孩抱著他死去的襁褓妹妹，夜晚和她一起躺在地上入睡。天亮了，他將嬰兒扛在肩膀上，帶著她繼續行走。

男人扛著死去的妻子。兒子扛著死去的母親、父親。女人抱著死去的孩子。他們都將死去的親人緊緊抱在懷中，腳步繼續前進著。而一路上他們都沒有看向身旁的軍人，更沒有理會道路兩旁圍觀的人群。人群中有些人哭了，但切羅基人從不在外頭哭泣，因為他們是不會讓外人窺探他們的靈魂的；就像他們絕不會坐上騾車一樣。

這就是「淚之路」這個名稱的由來。不是因為切羅基人在這兒落下眼淚，他們不會這麼做的。而是因為這名字聽起來很美，述說了道路兩旁那些圍觀群眾的悲傷。畢竟叫做「死亡列隊」的話，未免也太不浪漫了。

當眼前有位母親，懷裡抱著的是她那因死亡而全身僵硬的嬰孩，那孩子無法瞑目的雙眼空洞地望著隨著腳步而顛簸的天空，這樣的場景，是沒辦法藉由一首詩描繪出來的。

當一個男人，深夜到來之時將肩上妻子的屍體卸下，與她並肩躺著入眠，一早醒來又扛著她繼續行走，並且還要他的大兒子扛好最年幼的孩子，不斷叮囑不要轉頭……不要講話……不可以哭……忘掉山裡的一切吧。這樣的悲愴，是無法編成樂曲的。

就算這是一首曲子，也不會是首優美動人的樂曲。所以他們稱之為「淚之路」。

不是所有切羅基人都乖乖離開。有些對山中林道瞭若指掌的族人，偷偷溜回了山谷深處或是山脊的溝渠之中，餘生都帶著妻兒們一邊躲藏、一邊生活下去。

他們挖了捕捉獵物的陷阱，但有時卻不敢回去取獵物，因為軍人們又回來了。他們的食物是地裡挖來的甜菜根、是搗碎的橡果、是路邊空地割來的野草，還有徒手挖出的內側樹皮。他們在寒冷的溪邊徒手捉魚，行動如影子一般無聲，他們就在那裡，但從來不會被看見或被聽見（頂多只能一瞥他們一掠而過的黑影），你幾乎不會發現那裡有人類生存的痕跡。

儘管如此，他們依舊四處結交了朋友。曾祖父與他的家人就是土生土長的山民，他們毫不覬覦土地或財富，鍾愛的僅是山居生活的自由自在，就跟切羅基人所奢求的一樣。

奶奶告訴我曾祖父與他的妻子，也就是爺爺的母親，他們相識的過程，以及曾祖父是如何認識了對方的家人。有天他在溪畔發現了一條非常模糊的痕跡，所以他回家拿了一些鹿肉放在一旁的空地上。除了鹿肉外，他也放了刀槍。隔天早晨他回去那塊空地，發現鹿肉已經不見了，但是武器還在原處，且那裡除了他自己的刀槍外，還多了另一把印地安長刀以及一把戰斧。曾祖父沒有帶走它們，而是又回家拿了幾穗玉米放在武器旁邊；他就在那站著，等了很長一段時間。

傍晚時他們緩緩地走向這裡。他們在樹叢中不斷穿梭，走走停停後抵達。曾祖父向他們伸出手——總共有十幾個人，包括男人、女人、小孩——他們也伸出了手，並與曾祖父的手相碰。奶奶說他們都必須花點時間跨越心裡的那道坎，但他們還是伸手了。

曾祖父很高大，他娶了那群人中年紀最小的女兒。他們將代表婚姻忠貞的山胡桃木放在屋內，有生之年任何一方都不能將木頭弄斷。曾祖母的頭上戴著紅翅黑鸝的羽毛，所以人們都叫她「紅翼」。奶奶說她就跟柳枝一樣纖細苗條，每到傍晚都會柔聲歌唱。

爺爺跟奶奶也說了曾祖父晚年的故事。他是一名老戰士，加入南方聯盟突擊隊，約翰．杭特．摩根的隊伍，一同對抗那個身在遠方、面貌不詳、被稱為「政府」的怪物，但此舉卻讓他的家人與家園面臨了極大的危險。

他的鬍鬚已花白，身材也隨著年紀發福；每當冬日的寒風穿透小屋的縫隙，他的舊疾就會復發。他的左臂上有道長長的刀傷；骨頭也曾被類似切肉刀的鋒利刀刃攻擊。皮肉的傷口已經癒合，但深至骨隨的疼痛卻時時刻刻令他想起「政府」的冷酷殘忍。

在肯塔克的時候，曾祖父一邊喝著酒，一邊讓男孩們用燒得火燙的推彈桿灼燒他的傷口，助傷口止血。處理好刀傷後，他又再次躍上馬背。

曾祖父所有的傷口中，腳踝處是最嚴重的傷勢之一。他痛恨那腳踝。受傷的當下他自己並未察覺。那是在俄亥俄州的一個晚上，曾祖父被野地的騎兵攻擊，圓錐形的米涅彈貫穿了他的腳踝，自此成了一個大傷口，也讓這隻腳踝成了累贅。隨著戰爭不斷延燒，他心中對打仗的渴望也跟著越燒越旺。當馬匹快速又輕盈地馳騁在沙場上、當刺骨的寒風不住鞭打他的臉龐時，曾祖父的心中沒有恐懼，而是雀躍。他狂喜，印地安人反擊的怒吼聲在他的胸膛凝聚，自他的喉頭發出狂野的吼叫。

就是這樣高昂的鬥志，才讓一個人絲毫未留意撕裂腳踝的痛楚。一直到跑了二十英里，眾人再次聚集於山谷深處偵查敵軍情報時，曾祖父跳下馬背，受傷的腳一彎，發現鮮血已浸濕了靴子，他才注意到腳踝上的槍傷。

只有當他緬懷這段過往時，他心中對拐杖與跛行的厭惡才能稍稍減緩。

曾祖父身上最嚴重的傷是在靠近臀部的側腹位置。有顆直達深處的鉛彈沒有取出，它就在那裡頭日以繼夜地不斷啃嚙曾祖父，就像隻張牙啃食玉米的老鼠一樣。這劇烈痛楚幾乎是由內而外將曾祖父掏空殆盡，不久後的將來，他們將不得已要曾祖父躺在山林小屋中，像肉販一樣剖開他的身體取出鉛彈。

自曾祖父體內取出的，將會是早已腐爛的壞疽。他們沒有麻醉藥，只能用一大壺烈酒代替。他幾乎就要躺在那兒，死在自己的血泊之中。他沒有留下臨終遺言；但是當其他人死命抓住他那因疼痛而抽動不止的四肢時，這垂死卻仍然堅韌有力的身軀會突然坐起身來，喉頭發出野蠻的吼叫，這聲哀號，即是對可憎政府的最後宣言。這之後他將死去。政府花了四十年，終於奪走了他的性命。

這個世紀已來到尾聲。腥風血雨、屍橫遍野的時代即將成為過去。曾祖父所經歷的一切，以及他人如何評價他這個人，都成了過去式。新的紀元即將到來，將會有新的一群人扛著親人的屍首大步前行，造就一段新的歷史。然而曾祖父只會知道屬於他的——切羅基族的歷史。

他的大兒子投靠政府，次子死於德州。現在，他身邊只剩下自始至終陪伴在旁的紅翼，還有最小的兒子。

現在他還能騎馬。他還可以駕著摩根馬躍過五條橫梁的柵欄。他依舊習慣將馬的尾巴剪短，如此馬尾才不會在地上留下蹤跡。

但是傷口一天比一天疼痛，烈酒也無法減緩這樣的痛楚了。他即將張開四肢躺在小屋的地上。他知道說再見的時候到了。

田納西山區的秋日已經來到尾聲，強風吹落了最後一批山胡桃木與橡樹的葉子。在那個冬日的午後，他跟兒子面朝山谷的方向站著；他無法承認自己已經沒有力氣爬上山了。

他們一起望著山脊上直通天際光禿禿的樹，彷彿他們正一起觀望著冬日的斜陽。整個過程他們都沒有看向彼此。

「看來我沒有什麼可以留給你的，」他說，並發出輕柔的笑聲，「屋子裡最好的東西，大概是能讓你暖暖手的柴火吧。」他兒子仍是望著眼前的山巒。「我知道。」他小聲地回應。

「你是個成熟、有家室的男人，」老人繼續說道，「我不會要求你堅守我的想法……但是當有人質疑我們的信仰時，我希望你能盡快伸手勒住那人的脖子。我的時代過去了，而現在這屬於你的年代，我知道得不多。我不知道如何生存於這樣的時日……搞不好浣熊傑克知道的比我還多。或許你還不太了解山林的一切……但山是亙古不變的，你要繼續親它，繼續當個忠於自己情感的老實人。」

「我知道了。」兒子說。微弱的光線已隱沒於山脊之下，強風也越來越刺骨。老人不知道該如何開口……但他還是說了。「……還有……我……我親你，兒子。」

兒子默不作聲，但他將手臂摟向身旁那骨瘦、衰老的肩膀。山谷中的陰影變得一片漆黑，他們四周成了一團模糊深幽的黑影。老人手拄著拐杖，兩人一起踏上回家的路。

這是爺爺最後一次跟曾祖父說話，也是他們最後一次一起散步。我常去曾祖父母的墳前，那就位在山脊之上，一棵高大的白橡樹旁。秋日時那裡的落葉堆到了我膝蓋的高度，一直到冬天才有冷冽的冬風將它們吹散。春天時，只有堅忍不拔的印地安紫羅蘭吐出藍色小花，害羞地在墳墓周圍打造出花團錦簇的景致，守護著墳裡那剛烈、永恆不衰的堅毅靈魂。

象徵婚姻忠貞的山胡桃木也牢牢佇立在那兒，上頭刻滿了他們日常喜、怒、哀、樂的印記。婚姻木也隨他們安息此處，讓他們永遠陪伴彼此。

木頭上還刻有非常小的名字，得跪下細看才能瞧見：伊森與紅翼。

7 松樹比利

在冰冷的冬天，我們會把樹葉鋪在玉米田上。玉米田就在山谷後方，越過穀倉後溪澗兩旁的平坦空地上。這是爺爺特別花時間清出來的田地。他稱這片傾斜的玉米田為「坡地」，他說這裡無法種出好的玉米，但是不用白不用。畢竟在山裡要找到這樣的空地並不容易。

我很喜歡蒐集樹葉，然後把它們通通裝進大麻袋裡。葉子很輕，我跟爺爺奶奶會一起裝滿所有的袋子。爺爺通常會拿兩袋，有時候再多一袋。我也試著要拿兩袋，結果那樣我幾乎寸步難行。落葉像棕色的雪堆積到了我膝蓋的高度，裡頭還夾雜著一些黃色的楓葉，也有紅色蜂膠跟漆樹葉片隱藏其中。

我們會一起走出樹林，將葉子全部灑在田地上頭。我們也會鋪一些松針，爺爺說松葉是幫助土壤酸化的必要元素，不過只需要一些就夠了。

但是我們從來不會在這個乏味的工作上耗費太多時間跟精力。常常沒多久就「撤退」，跑去做點別的事了。

奶奶會挖些地上的黃根草，還有人參、鐵根、長菸斗根、黃樟或是皇后杓蘭之類的東西。這些植物奶奶全都認識，且還會把它們釀成治療各種我知道的病痛的藥水。她的配方真的很有效，但有些藥水我喝過一次就再也不想喝了。

我跟爺爺則常常發現山胡桃、栗樹和栗子，有時甚至還有黑胡桃。其實我們都沒有特別去尋找，但總是能不經意地找到它們。當我們忙著蒐集、品嚐各種果實的時候，還會順便觀看一旁的浣熊跟啄木鳥，於是蒐集樹葉的任務就這樣被擱在一旁了。

最後我們會在夕陽餘暉的照耀下走下山谷，手上抱著的是一大堆堅果跟植物的根，這時爺爺就會用奶奶聽不到的音量小聲咒罵，鄭重宣布下次我們絕對不能再「撤退」去做這些愚蠢的事了，要全心全意蒐集樹葉才行。聽到爺爺這麼說我真是難過極了，但幸好這話從來沒有實現過。

一袋接著一袋，我們將土地覆滿樹葉和松針。下過雨之後，葉子就能藉由水分緊緊依附在土地上了，這時爺爺就會讓騾子老山姆來負責犁田，我們一起翻土將樹葉埋到地下。

我說「我們」，因為爺爺也讓我負責一部分犁田的工作。我必須抓緊在我頭頂上的犁架，然後使勁控制把手，以免犁頭犁得太深。有時候犁頭會不小心跑出地面，犁架在地上滑行，根本就沒有翻開土壤。老山姆對我很有耐心。牠會停下來等我把犁架拉到正確的位置，等到我喊：「走！」牠才接著繼續前進。

我必須用力推把手，犁頭才有辦法插進土裡；在這一拉一推的空檔，我學會了下巴不能靠把手間的橫梁太近，因為犁田時的劇烈顛簸，撞得我下巴痛極了。

爺爺跟在我們身後，但他完全沒有插手。如果你要老山姆左轉，就要喊：「喝！」要右轉的話呢，就要喊：「呀！」有時牠太偏向左邊，我就得大喊：「呀！」但牠耳朵不太靈光，就只顧著繼續往左。這時爺爺就會出動大叫：「呀！呀！呀呀！！！該死的傢伙！！！呀！」老山姆就知道要右轉了。

但問題來了，老山姆聽爺爺罵髒話聽太多次了，牠學會把全部的「呀！」跟「該死的傢伙！」連結在一起，只有同時聽到這兩句指令牠才肯右轉；所以說，如果你要牠右轉，就得又下口令又罵牠才行。因此我在犁田的時候罵了好多髒話。這本來沒什麼大不了，但奶奶聽到後語重心長地跟爺爺討論了這件事。在這之後只要奶奶也在場，我就沒有負責耕地。

老山姆左眼瞎了，所以當牠走到田地盡頭的時候總是往右轉，因為牠不知道往左轉會撞上什麼東西。犁田的時候，在其中一頭都往右轉是正確的；但在另一頭也往右轉就得繞圈子了，且還會拖著工具走到灌木叢和荊棘裡去。爺爺說我們對老山姆要有耐心，因為牠老了又有一隻眼睛看不到，我確實很有耐心，但是每當走到田地盡頭時我都很害怕，特別是當那裡有一大叢黑莓樹在迎接我的時候。

有一次，爺爺跟犁具一起被拖到一叢蕁麻裡，然後不小心掉進坑洞裡了。那天很溫暖，洞裡有小黃蜂們築的蜂窩，黃蜂死命鑽進爺爺的馬褲，逼得他大吼大叫跳進一旁的山澗裡。我一看到黃蜂飛出來，就趕緊跑開了。爺爺全身泡在溪流裡，雙手邊猛力拍打他的褲子邊咒罵老山姆。他幾乎開始對老山姆不耐煩了。

但老山姆還是很有耐心，牠一直站在那兒等爺爺從溪裡起身。問題是，我們無法回去耕地，因為那些黃蜂還在犁具邊盤旋飛舞。我跟爺爺站在田地中央，試著引導老山姆往前移動好遠離那個蜂巢。

爺爺大喊著，「來這兒——山姆——過來呀，乖孩子。」但老山姆一動也不動。牠很清楚自己的工作，必須等到有人操縱犁具開始耕地時才走動。爺爺用盡了各種方法，他大聲咒罵，還整個人趴在地上學騾子叫。我覺得他模仿得還滿像的。有次老山姆已經往前翻動牠的耳朵還直直地看向爺爺，結果仍舊是立在原處。我也試著學騾子叫，但學得一點都不像。當爺爺發現奶奶走了過來，且還看見我們兩人趴在田地中學騾子叫的模樣，他放棄了。

最後爺爺跑去樹林裡找些木柴，點燃了把柴火扔進樹洞裡。燃燒的濃煙逼得黃蜂遠離犁具。

那天晚上回到小屋後，爺爺說其實他心中已經糾結了很多年，究竟老山姆是世界上最笨的騾子，還是最聰明的呢？我也想不通這問題。

不過我還是很喜歡耕地。這讓我成長了不少。我們走回小屋的路上，我發現我的腳步已經快要可以趕上爺爺的了。晚餐時爺爺不斷跟奶奶誇獎我，奶奶也說現在的我已經像個小大人了。

有天傍晚正當我們在吃飯的時候，獵犬們突然喧鬧不止。我們三人走到前院一探究竟，發現有個人正走在木橋上朝小屋過來。那人相貌端正，幾乎跟爺爺一樣高。我最喜歡他的鞋子，那是雙亮黃色高筒靴，裡頭白色的襪子反摺套在靴口上，讓靴子能夠直挺挺地立著。而他鞋子以上的打扮看起來比較正式，是件黑色短外套跟白襯衫，頭上戴有一頂小帽子，手上還拎有一個長皮箱。奶奶跟爺爺都認識他。

「啊，松樹比利。」爺爺說。松樹比利朝我們揮揮手。「進來坐一下吧。」爺爺說道。松樹比利在門前停步。「噢，我只是剛好路過而已。」他說……而我很好奇他要去哪，因為後頭只有山而已。

「你得和我們吃個飯。」奶奶這麼說，一把摟住松樹比利帶他進屋。爺爺替他拿了長皮箱，接著我們四人都來到廚房。

我馬上就知道爺爺跟奶奶都很喜歡松樹比利。他從外套口袋拿出四顆紅薯給奶奶。奶奶立刻用它們做了派。松樹比利吃了三塊，我吃了一塊，且暗自希望最後一塊不會被松樹比利吃掉。吃完派後我們離開餐桌，一起坐在壁爐前，留下最後一塊派自己躺在平底鍋上。

松樹比利的笑聲不絕於耳，還誇我說我馬上就會比爺爺還要高大。聽了這話我好高興。他還說奶奶看起來比他上次見到時還要美麗，奶奶聽了好開心，爺爺也是。我開始對松樹比利產生好感了，雖然他吃掉了三塊派——但畢竟紅薯是他帶來的。

我們坐在火爐前。奶奶跟爺爺分別坐在他們的搖椅上。我覺得好像有什麼事情要發生了。爺爺問道：「那麼，是什麼消息呢？松樹比利，你聽到了些什麼？」

松樹比利坐在一張直背椅上，椅子向後仰。他用拇指跟另一隻手指拉開下唇，舉起鼻煙壺倒了些鼻煙粉在唇上。他也將鼻煙壺遞給爺爺奶奶，但他們搖搖頭拒絕。松樹比利看起來很悠哉，他朝火爐吐了口唾沫。「是這樣的，」他說，「是不是因為我正式的打扮，才讓你們覺得有什麼新的消息？」他又朝火爐裡吐口水，然後轉頭看看周圍的我們。

我不知道是什麼消息，但感覺得出是很重要的事。

爺爺也感覺到了，因為他不斷追問，「到底是什麼？松樹比利？」松樹比利又向後仰，眼睛盯著屋頂的椽木。他的雙手在肚子前緊緊交握。

「肯定是上禮拜三……不不不，禮拜二才對，因為我禮拜一晚上去了跳跳裘迪的舞會；對，禮拜二沒錯。我上禮拜二去鎮上。你知道那個警察嗎？就是那個『菸槍透納』？」

「知道，我見過他。」爺爺有點不耐煩了。

「是這樣的，」松樹比利接著說，「那天我站在角落跟菸槍說話的時候，對街的加油站來了臺又大又閃亮的車。菸槍沒有注意到……但我看到了。車裡頭坐著一個人，穿著打扮像個殺手，大城市的那種殺手。他踏出車外，交代喬．福爾康把油加滿。沒錯，我從頭到尾都盯著他們。那人左顧右盼，整個人鬼鬼祟祟的。我突然知道他是誰了。我自言自語道，『是那個大城市的犯人。』對了，」松樹比利解釋道，「我沒有告訴菸槍。我只是自言自語而已。我跟菸槍說的是，『菸槍，你知道我又要將人繩之以法了……大城市的犯人看起來就是不一樣，我覺得那邊那個人非常可疑。』」

「菸槍也觀察了一下那個人並說道，『你說得對，比利。我們過去看一下。』接著他就穿越街道走到那輛車子旁。」

松樹比利向前傾，讓四隻椅腳牢牢貼上地面，他又朝爐火吐了一口唾沫，望著火光出神。我等不及要聽接下來的故事了。

松樹比利眼神離開柴火後說道，「你知道菸槍不識字，而我認字能力還不錯，我跟在他後面看看有沒有需要幫忙的。那人一看到我們靠近就鑽進車子裡了。菸槍倚靠在他的車窗上，禮貌地問他來鎮上的目的。我可以看出那人很緊張，他說他正準備前往佛羅里達。聽起來真是可疑。」

我也覺得很可疑，我看到爺爺也點了頭。

松樹比利繼續，「菸槍說，『你從哪來的？』那人說他來自芝加哥。菸槍覺得這沒什麼問題，但希望他離開這個城鎮，那人也答應會離開。就在這個時候……」松樹比利看了看爺爺奶奶，「……就在這個時候，我走到車子後方記下他的車牌號碼，然後把菸槍拉到一旁告訴他，『他說他是芝加哥來的，但車牌上寫的是伊利諾州。』老菸槍聽了後，立刻像隻發現糖漿的蒼蠅。他把那犯人揪出車外，直截了當地質問，『如果你是芝加哥人，為何車牌上寫的是伊利諾州？』老菸槍知道自己贏了，這問題讓那人完全無法招架；他支支吾吾地又說了些蹩腳的謊話，你瞧，到現在還在狡辯設法脫罪，但我可以代替老菸槍告訴他，我們可不會輕易被他唬弄。」

松樹比利激動極了。「菸槍把那犯人抓進監獄，說他會把事情查清楚，搞不好可以拿到一大筆獎金，到時有一半是我的。看那犯人的模樣，這筆獎金應該比我跟菸槍想像的還要豐厚。」

爺爺跟奶奶都覺得很有可能，爺爺還說他完全不能接受那些大城市犯人的所作所為。我也無法接受。我們都知道松樹比利即將發大財了。

但松樹比利完全沒有因此而驕傲。他說獎金也有可能只是筆小數目。他說他從來都不會把雞蛋放在同個籃子裡，也不會在母雞下蛋前就聲稱自己有多少隻雞。真是個明智的人。

他說為了以防萬一，他同時也在做別的工作。紅鷹鼻煙公司舉辦了一場比賽，優勝者可以獲得五百美元的獎金——完全夠一個人用一輩子了。他說他已經拿了參賽表，只需要回答為什麼喜歡紅鷹牌的鼻煙壺就行了。他說他在填表前仔細地思考，最後想到了他認為贏面最大的答案。

松樹比利說大部分的參賽者都只會說紅鷹牌的東西很好用，當然他也會這麼寫，但他的回答更詳細。他說所有的鼻煙粉中，紅鷹牌的鼻煙是最頂級的；他甚至還寫了，在他有生之年，除了紅鷹牌以外，絕對不會將任何其他鼻煙放進口中。這可是他絞盡腦汁想到的答案，紅鷹公司的老闆看到這回答，勢必知道將來松樹比利會持續購買他家的產品，送出去的獎金很快就能回收了。如果他們把獎金給了那些只會說產品很好的參賽者，那麼這些錢能不能賺回來就很難說了。

松樹比利說那些老闆絕不會拿自己的錢下這種賭注，這正是他們致富的原因。他很有把握自己會獲得紅鷹公司提供的獎賞。

爺爺也贊同這點。松樹比利走到門外吐出口中的鼻煙。再次回到桌邊時，他拿了最後一塊派。我沒有那麼介意了——雖然我還是很想吃——但看來松樹比利是個有錢人，這塊派是他應得的。

爺爺拿出他的酒壺，松樹比利喝了兩三口，爺爺自己只喝一口。奶奶在咳嗽，所以喝了她的止咳藥水。爺爺要松樹比利取出他的小提琴和弓，請他演奏一曲「紅翼」來聽聽。爺爺奶奶隨著節奏踏步。他拉得真好，還一邊唱了起來：

「月色朦朧，皎潔光芒照亮美麗的紅翼，

微風吹來一聲嘆息，夜鶯傳來一聲低鳴，

滿天星斗之下，她的勇氣沉沉睡去，

紅翼低聲啜泣，她的心也隨之凋零。」

我在地板上睡著了，是奶奶把我抱回床上。睡夢中我聽到的最後聲響，是小提琴優美的弦音。我夢到松樹比利來到我們小屋，他很有錢，肩上掛著一個大痲袋，痲袋裡有滿滿的紅薯。

8 祕密基地

想像一下，有上百萬種小生物居住在溪澗旁。

如果你是個巨人，俯瞰蜿蜒溪流之時，就會明白這條溪澗是條生命之河。

我就是那個巨人。我的身高超過兩呎，龐大的身軀蹲在那兒，仔細觀看水流們流往低處匯聚而成的小沼澤。青蛙產卵了，一顆一顆的小黑點布滿在像果凍一般大大的水晶球裡……正等待適當的時機咬破隔閡，迎向大自然。

岩鱂魚倏地跳出水面，追逐著溪流之上飛舞的麝香小蟲。當你一把抓住麝香小蟲，一股濃厚甜美的香味會撲鼻而來。

有天我整個下午都在蒐集麝香小蟲，最後只抓到了幾隻，牠們實在不容易捕捉。我把這些小蟲子都送給奶奶，因為我知道她很喜歡這樣甜美的香氣。她每次製作肥皂時，材料總是少不了忍冬。

看到這些麝香蟲子奶奶幾乎比我還要興奮。她說她從來沒有聞過比這更甜美的氣味，真不知道自己怎麼從來沒有發現這些迷人的蟲子。

晚餐時間，奶奶搶在我之前將這件事告訴爺爺，她說這真是她未曾聞過的新玩意。爺爺聽到這話整個人都傻了。我讓爺爺也聞聞看，聞了後他也鄭重地表示，活了七十多個年頭，他完全不知道還有這樣的香味。

奶奶說我表現得很棒，遇到好事的時候，第一件事就是要跟任何你遇到的人分享；如此一來，良善即在不知不覺中散播至各處。這話說得對極了。

整個下午都在溪邊找蟲子，我整個人被溪水濺得溼答答的，但奶奶完全沒有因此責罵我。切羅基人從不因為孩子待在樹林裡而責備他們。

我還去到了溪澗上游，涉過清透的溪水，彎著身子穿過垂柳編成的綠色簾幕，沿著水流找尋溪澗的源頭。水中的蕨類植物交織成了翠綠色的蕾絲，在溪流之上編成一道拱頂，讓雨傘蜘蛛們有片可以立足的天地。

這些小蜘蛛們會在水蕨的一端結上細細的網，然後朝著空中縱身一躍，拉出更多由細絲織成傘狀的網，讓自己可以去到對岸的水蕨上。如果牠成功了，就會把絲線繫好，接著再跳回來，就這樣來來回回，直到小溪之上橫跨了一片珠光色澤的絲綢天幕。

這些小傢伙真是堅忍不拔。如果不小心掉進水裡了，急流會立刻將牠們沖到遠處，這時牠們必須拚命掙扎，使勁讓自己待在水面上，再奮力游往岸邊，以免成了岩鱂魚的食物。

我蹲在溪水中央，看著一隻小蜘蛛試圖將牠的絲線拉向對岸。想必牠已下定決心，誓言要織出整條溪流之上最大的一張珍珠網；而牠也選到了一個寬敞的絕佳位置。牠將努力不懈地織網、不斷地躍上天際、再不斷地自水中掙扎而出。牠會被沖到下流，在激流中奮力求生，一次次踩著水面爬上岸，回到最初的水蕨上。牠會永無止境地嘗試下去，絕不放棄。

牠第三次爬回植物上後走到了葉片前端，伸長前肢抵住下顎，細細研究起腳下的水流。我以為牠準備要放棄了——因為我自己快要撐不住了，蹲在水裡讓我下半身冷極了。但牠只是趴在那裡邊看邊思考。不久後他想到法子了，開始在葉片上不停地跳上跳下。葉片隨著牠的腳步起起伏伏。牠努力地跳動，藉此讓葉片持續晃動彎曲。接下來，就在那麼一瞬間，葉片彈跳到最高點的時候，牠朝空中一躍，將牠傘狀的網拉向天際——牠辦到了。

成功後牠忍不住驕傲地來回跳動，直到差點摔進水裡才停下腳步。牠那珍珠光澤的作品是我見過最大的一張網。

我順著水流走向山谷，慢慢地認識這條溪澗：燕子的巢像袋子一樣一一掛在垂柳之下，一開始我的出現讓牠們焦躁不安，慢慢熟悉了後才接納我——之後巢裡的燕寶寶們會探出頭嘰嘰喳喳地交談；青蛙們在岸邊呱呱歌唱，但只要我一接近歌聲就會戛然而止，後來爺爺告訴我這是因為青蛙能感覺到走路時地面的震動。他為我示範了切羅基人走路的方式，不要讓腳跟著地，而是要踮起腳尖，讓鞋子在地面上悄聲滑動。我馬上就學會了，輕輕走到青蛙旁邊的時候，牠繼續放聲高歌著。

我就這麼沿著小溪找到了一個祕密基地。那是在山的側面，一片被濃密月桂樹環繞的空地。這片空地不大，上頭有個小草堆跟一棵彎著腰的楓香樹。我一看到這片空地，就知道這裡將是我的祕密基地，在這之後我便常常待在那裡。

我帶老毛德一起來，牠也很喜歡這片小天地，我們會一起坐在楓香樹底下仔細聆聽觀看。老毛德在祕密基地時很安靜都不會吵鬧。看來牠也知道要保守祕密。

一天傍晚，當我跟老毛德倚靠著楓香樹幹靜靜欣賞風景之時，有個身影一閃而過。是奶奶。她正走在不遠處。她應該完全沒有發現我的基地，不然會出聲喚我才對。

奶奶在樹林裡移動時簡直比竊竊私語的聲響還要安靜。我跟在她身後，原來她正在採集植物。我跑上前幫忙，接著我們兩人就坐在原木上一起將那些植物分類。我想我還太小，不懂得如何守密，因為我馬上就告訴奶奶祕密基地的事。她聽了後一點也不驚訝——這倒是嚇到我了。

奶奶說每個切羅基人都有自己的祕密基地。她跟爺爺也各有一個。她沒有問過爺爺，但相信他的基地肯定是在山頂，在那條高處的小徑上。她認為大部分的人應該都有個祕密基地才對，但也不是很確定，因為她從未問過別人這個問題。奶奶說祕密基地是一定要有的。我好高興我也有了屬於自己的地盤。

奶奶告訴我，每個人都有兩個心靈。其中一個是與肉身的生存有關。人必須藉由肉體的勞動，才能打造出居住的小屋，才能找到補充體力的食物。她也說道，藉由這個身體，我們才能繁衍出下一代。要在這個世界生存下去，這個心靈是必不可少的。而另一個心靈則跟這些完全不相關，那是精神層面的心靈。

奶奶說，如果你總用肉身的心靈去思考，你就會變得既貪婪又邪惡；如果你總想著如何剝削他人，從他人身上獲利……那麼你的精神心靈將會越來越狹隘，甚至比一顆山核桃還要小。

她告訴我，人死了之後，肉身心靈也將跟著離去。但精神心靈是永遠不會凋零的。所以說，如果你一輩子都透過肉身心靈去思考，導致你的精神心靈縮得跟一顆核桃一樣小，那麼，奶奶說，你的來生勢必也會一樣——僅有一顆核桃般渺小的精神心靈，對世事感到一片茫然。

如果你的思想被肉身心靈所掌管，那麼那顆核桃大的精神心靈，可能會再繼續縮小，小到跟豌豆一樣，甚至消失不見。這麼一來，你即是失去了你的靈魂。

這正是一個人死去的過程。奶奶說死去的人很容易分辨出來。死人看著一個女人時，只會想到骯髒齷齪的事；看向其他任何人時，也只會有壞的念頭；這些人看到樹木，只會想到木材可以獲利，而非察覺蘊藏其中的大自然之美。奶奶說，這樣的死人無所不在。

奶奶也說道，精神心靈就像另一種形式的肌肉。如果你善用它，它就會越來越結實強壯。善用的方式就是透過它來理解周遭，但前提是，你必須先擺脫貪婪與肉身心靈的枷鎖，之後你才得以開始思考，而當你越是試著去理解，精神心靈就越強壯。

奶奶還這麼告訴我，「理解」和「愛」也是一樣的道理；但是，那些對凡事都不了解，卻口口聲聲說愛的人，是根本無法體會這個道理的。

我決定立刻開始去理解周遭的人們，因為我不希望自己的精神心靈僅僅是一顆核桃的大小。

奶奶也說，精神心靈可以變得非常強大，最終你將會對前世生活瞭若指掌，直到肉身也能長生不衰的境界。

奶奶說我可以在我的祕密基地觀察這一切是如何發生的。春天到來萬物初生（也帶來了新的思想），空氣中充滿了活潑喧鬧聲。春天的雷聲，就像嬰孩在血液與疼痛中呱呱墮地時響徹雲霄的哭聲。奶奶說，這正是靈魂們迫切回歸物質型態的聲響。

然後是夏天，如同人生的壯年期；緊接著的秋日，就像是我們垂垂老矣的身心，歸鄉的渴望是如此強烈。有人將這樣的心緒稱為「鄉愁」和「感傷」。而冷冽的冬風會帶走萬物的生命，就像我們死去的肉身一樣。但所有的生命最終都會於春日回歸，一次又一次循環下去。奶奶說切羅基人很久以前就明白了這點。

奶奶還跟我說，祕密基地的老楓香樹也有自己的靈魂，不久後我就能感覺到了。那是屬於樹的靈魂。是奶奶的父親教會了她關於樹靈的一切。

奶奶的父親叫做「布朗老鷹」。她說他懂得很多。他能夠感覺到樹的思想。當奶奶還是個小女孩的時候，有次外曾祖父為了山上的白橡樹苦惱不已，因為那些樹木顯得既激動又害怕。他花了好多時間待在山上，在樹叢間來來回回觀察。那些樹木們高大挺拔又美麗，且擁有寬闊的心胸，它們留了空間讓漆樹、柿子、山胡桃木以及栗子好好生長，讓野生動物們得以食用。這樣無私的心賦予了它們靈魂。強壯的靈魂。

奶奶說外曾祖父實在是太擔心白橡樹了，所以會在天黑後去查看它們，他知道肯定有什麼事不對勁。

在那之後的一天清晨，太陽才剛剛爬上山脊之際，布朗老鷹看到有群伐木工人正在橡樹邊蠢蠢欲動，他們做了記號並覬覦著該如何砍倒這些樹。布朗老鷹說，那群人一離開，橡樹就忍不住哭了。為此他徹夜難眠，他監看那些伐木工人，看到他們鋪了一條上山的路，好讓貨運騾車能夠通行。

奶奶說，布朗老鷹跟其他切羅基人商量後，共同決議要保護白橡樹。待入夜後，當伐木工人回去鎮上，切羅基人便展開行動，他們將那些人鋪的路全挖成了深深的壕溝。女人跟孩子們也都加入了這個挖掘行列。

隔天一早，伐木工人回到山上，一整天都在忙著修補道路。但是當天晚上切羅基人又再次將它變成了壕溝。就這樣一來一往了兩天兩夜，最後伐木工人只好派出配槍的守衛。但他們是守不住整條道路的，因此切羅基人繼續想方設法地到處挖掘壕溝。

奶奶說這真是一場硬戰，所有人都累壞了。結果有一天，當伐木工忙著修補道路的時候，其中一棵白橡樹突然「轟」一聲倒下，壓垮了騾車和兩頭騾子。奶奶說這棵橡樹非常健康，不知為何會突然傾倒，但它就是倒了。

伐木工人終於放棄鋪路了。春天的雨水傾瀉而下，他們再也沒有回來過。

奶奶說，那晚是滿月，他們為成功捍衛橡樹舉行了一場慶典。他們在月光的照耀下翩翩起舞，橡樹們也跟著擺動樹枝高歌起來，它們舞動的樹枝像是一雙雙大手，觸碰了切羅基人表達感謝。奶奶說，他們也為倒下的橡樹唱了輓歌，是它犧牲自己，以保全其他橡樹的生命。這份情感是如此強烈，幾乎帶著奶奶飛往橡樹所在的山頭。

「小樹啊，」她說，「千萬別告訴任何人這個故事，因為告訴那些白人一點幫助也沒有。我認為你必須要知道，所以才告訴你。」

我終於知道為什麼我們的壁爐裡只有腐朽的木柴。我理解了樹林生命的奧妙……還有山的生命。

奶奶告訴我，她的父親深刻理解山中的生命，他的精神心靈是何等強壯。他的來世，想必也會如今生一樣知曉周遭的一景一物。奶奶希望她的心也能快點變得強壯，這樣就能跟她父親體會到相同的感受，他們的心靈也能更加親近。

奶奶說，爺爺也幾乎擁有同樣強壯的心靈了，就跟外曾祖父一樣，但他自己還沒察覺。不過爺爺的心靈知道，這顆心一直都跟布朗老鷹的靈魂緊密相連。

我問奶奶，我是不是也能夠擁有這樣強大的心靈呢，這樣才不會落單。

她牽起我的手。我們走過了長長一段路後她才回答我。她說我永遠都要試著用心去理解。將來有一天我也能夠理解這一切，搞不好會比她更快。

我不想比她快，只要能夠稍微趕上他們的腳步就行了。畢竟一個人落在後頭，感覺真的很孤單。

9 爺爺的事業

爺爺已經七十多歲，還未從事過「大眾的工作」。對山民來說，所謂「大眾的工作」就是指那些受僱於他人的工作。爺爺受不了這種固定的僱傭關係。他說這種工作既浪費時間又得不到滿足感。我覺得他說得很對。

一九三〇那年我五歲，一蒲式耳的玉米可以賣二十五分錢；前提是你要找得到買家。但這其實不太可能。即使一蒲式耳賣到十塊美金，我跟爺爺也無法靠賣玉米維生。我們的玉米田太小了。

但爺爺有自己的事業。他說每個人都應該要經營自己的事業並引以為傲，爺爺自己就是如此。他的事業是數百年前蘇格蘭那邊的祖先流傳下來的。他是一名威士忌釀酒人。

說到釀造威士忌，平地大部分的人都會替這行業冠上壞名聲，但他們那些不好的印象其實只適用在大城市的罪犯身上。大城市的壞人會僱用人替他們釀造威士忌，這樣就能增加產量——且速度更快。那些人會利用碳酸鉀或鹼液來加速威士忌中碎麥芽的糖化反應，並讓威士忌產生好的「氣泡」。他們還會用鐵皮、錫罐來釀造，甚至用卡車冷卻箱來處理威士忌。這些都會產生有毒物質，喝了是會出人命的。

爺爺說這些奸商應該通通抓去吊死才對。他說如果你只看到一個行業裡最壞的那群老鼠屎，那麼想當然也就只能給出負面的評價了。

爺爺告訴我，他的西裝就跟五十年前穿去結婚時一樣嶄新筆挺。他說這套西裝的裁縫師以他的工作為榮；但有些裁縫師就沒有這麼看重自己的作品了。你對於裁縫這個事業的評價，全取決於你遇到的裁縫師是好是壞。就跟威士忌酒商的情形一樣。我完全同意這點。

爺爺從不在他的威士忌裡放入添加物，連糖都不放。糖可以用來稀釋威士忌以增加產量；但爺爺說這樣酒就不純了。他只釀造成分只有玉米，最精純的威士忌。

他也沒有耐心釀造陳年威士忌。爺爺說他這一生聽過很多人讚揚陳年威士忌的口感有多好多好。他曾試著釀造一次，那次他把剛釀好的新鮮威士忌又倒回桶中一個禮拜，然後嚐了一口，結果味道跟他原本釀的酒一模一樣。

爺爺說，那些人釀造陳年威士忌的方法，是把酒一直浸泡在木桶中，直到汲取了木桶的色澤跟氣味為止。他說要是哪個傻子這麼想要木桶的味道，就應該把頭伸進桶子裡好好聞一聞，聞夠了再去喝杯最烈的威士忌。

爺爺稱這種人為「木桶味癮者」。他說他大可以把樹樁裡頭的水裝到木桶裡，放久了再拿去賣給那些傻蛋，反正只要有木桶味他們就會喝。

爺爺說起了這場威士忌木桶之亂。事情應該是這樣開始的——如果有辦法追溯的話——大酒商一次可以生產出好幾年份的酒。如此一來那些小商人就備受壓迫了，因為他們沒有時間再把酒裝回木桶裡去釀造陳年威士忌。爺爺說那些大商人以高價售出他們的酒，吹噓他們的酒擁有最濃厚的木桶香氣，這還真的騙到了一些白癡。但大有明理的人在，他們不在乎木桶味，因此小酒商才得以生存下去。

爺爺說釀造威士忌是他唯一懂得的生意，我快六歲了，也應該學學這項技藝。他說等我再大一些，可能會想改變自己的事業，但先把釀造威士忌的技術學起來，之後生活有困難時隨時可以重操舊業。

我知道我和爺爺即將赤手空拳對抗那些木桶味酒商；但我很驕傲爺爺願意傳承這項技藝予我。

爺爺的蒸餾場位在狹道後方的溪澗旁。那裡四周種滿了月桂樹和忍冬，隱密到連鳥兒都找不到。爺爺很自豪他的蒸餾器是純銅打造的，整套器具包括鍋爐、輸送管，還有被我們稱為「蟲蟲」的線圈。

這個蒸餾器是小型的，不過我們也用不到大的。爺爺一個月只釀造一回，一次大約是製造出十一加崙。我們會把其中的九加崙賣給在十字路口開店的喬金斯先生，一加崙可以賣兩美金，瞧，我們的玉米真是值錢啊。

我們用賺來的錢購買些生活必需品，剩下的就存起來。奶奶會把錢存在菸草袋裡，然後把袋子塞在密封罐的底部。奶奶說那其中有一份是我的，是我這麼賣力工作且學會了如何買賣的報酬。

剩下的兩加崙威士忌我們會自已留著。爺爺會裝一些在他的酒壺裡，偶爾喝個幾口或是有人來訪時招待對方。奶奶則是加了不少在她的咳嗽藥水裡。爺爺說這也能用來治療蛇咬、蜘蛛咬、腳跟瘀血等多種疑難雜症。

我很快就發現，蒸餾真不是一件容易的工作——如果你按部就班操作的話。

大部分的人都是用白玉米釀造威士忌。但我們沒有白玉米，我們用的是印地安玉米，也是我們種的唯一一種穀物。它外皮是暗紅色的，所以我們的威士忌帶有一點暗紅光澤……這是我們家獨有的特色。我們很以這樣獨一無二的色澤為傲。每個人一看到都知道這是出自我們家。

奶奶會跟我們一起剝玉米，我們會把其中一部分裝進麻袋中，然後將溫水淋在麻袋上，再把袋子放在太陽底下曝曬；冬天的話放就在壁爐前面烘烤。每一天都得幫麻袋翻面兩三次讓裡面的玉米動一動。過個四五天它們就會發芽了。

我們會磨碎其他剝下來的玉米。帶到磨坊去磨太貴了，我們負擔不起，所以爺爺自己做了一臺磨粉機。只要把兩塊大石頭疊在一起，再加個把手就可以用來磨玉米了。

我跟爺爺會負責把玉米碎粒搬到山谷中狹道後面的蒸餾器那兒。我們在溪澗裡安裝了個木製引水道，可以把溪水引到鍋爐中，等到鍋爐差不多四分之三滿時，我們就把玉米碎粒倒進去，接著點火開始熬煮。我們用的燃料是白蠟木，因為它不會產生煙灰。爺爺說其實每一種木頭都可以當燃料，但沒有必要冒那個風險。我也這麼認為。

爺爺在鍋爐旁的樹樁上另外放了一個箱子。我負責站在箱子上攪拌鍋爐裡的玉米餬。其實我完全看不到自己在攪拌什麼，但爺爺說我做得很棒，因為都沒有煮到燒焦。我攪得手臂都發痠了。

玉米餬煮好後，底下有個傾斜的導管可以讓它們流到木桶裡，接著我們會把已經發芽的玉米碎粒一起放進桶子，最後蓋上蓋子讓液體開始發酵。發酵的過程大概會持續四到五天，但每天我們都得去攪拌一下。爺爺說裡面正在進行「化學反應」。

過了四到五天，液體上會結一層硬硬的膜，我們會把膜打碎，然後就可以準備蒸餾了。

爺爺跟我用一大一小的水桶，把木桶裡的啤酒——爺爺是這麼說的——舀到蒸餾器的爐子裡。爺爺替鍋爐加蓋後我們就在底下點火。待啤酒煮滾後，蒸氣會進入與蟲蟲——也就是一圈又一圈的線圈——相連的輸送管中。蟲蟲則會被放在木桶中，木桶裡有我們從溪澗那邊引過來的冷水。滾燙的蒸汽在這裡遇到冷水後立刻凝結成了水珠，再經由桶子底部的蟲蟲流出來。等到酒液流出後，我們會用山胡桃木炭過濾掉裡頭的油脂，那些油脂喝了是會生病的。

這些都完成後，你以為我們就釀出了大量威士忌嗎……其實只有兩加崙。我們先不管這兩加崙的酒，而是先去把鍋底那些沒有變成蒸汽的渣渣給弄出來。

之後我們得把這些器具徹底刷洗一遍。爺爺稱我們擁有的這兩加崙是「單一的」。他說這酒百分之兩百精純。我們把渣渣跟單一的酒一起放回鍋裡，加點水再次點火，又一次重複剛剛的步驟。這次，我們釀出了十一加崙的威士忌。

就像我說過的，這是一項艱難的任務，我不懂怎麼會有人說釀造威士忌是那些懶惰、沒用的人在做的工作，會那樣說的人絕對沒有自己釀過酒。

爺爺是這門技術的箇中高手。畢竟毀掉一鍋威士忌比釀出優質的酒容易太多了。首先是火侯必須控制得宜，不能太大。再來是如果產生反應的時間太長，酒就變成醋了；時間太短又會不夠香醇。此外你還必須知道如何透過「氣泡」來判斷酒的濃度。我完全理解為什麼爺爺這麼以他的事業為榮，而我也正試著向他學習。

爺爺說我來了之後，終於有人幫忙他做那些他無暇照看的工作。蒸餾完後我會爬到鍋爐裡，把裡面刷洗乾淨。我總是盡快完成這項任務，因為爐子裡真的很熱。我還負責搬運白蠟木跟攪拌玉米餬。我跟爺爺都忙翻了。

我跟爺爺在蒸餾器這邊的時候，奶奶就會把狗狗們關起來。爺爺說如果有人來到山谷這兒，奶奶就會派出鬱悶男孩通知我們。鬱悶男孩有最靈敏的嗅覺，牠會順著氣味來到蒸餾場，這樣我們就知道有人上山了。

爺爺說一開始是由里皮負責這個任務，但里皮老是去吃那些渣渣，吃到自己都醉了。爺爺說在他制止里皮之前，牠已經有點酒精上癮了。有次換成老毛德，結果牠也醉了。所以最後才改由鬱悶男孩負責這任務。

一位優秀的山林威士忌釀造者必須了解很多事情。首先是釀造完後必須認真清洗，否則就會產生腐爛的酸味。爺爺說那些官人的鼻子就跟獵犬一樣靈敏，幾英里之外都能聞到這味道。他說搞不好「狗官」這詞就是這麼來的。他還告訴我，如果找得到資料的話，可以發現那些狗官都是出自相同的民族，全被國王們利用來追捕老百姓。爺爺也說了，如果我哪天遇到他們的話，會發現他們都有自己特有的氣味……這讓老百姓們可以稍微掌握他們的行蹤。

釀威士忌時還得注意不能讓水桶碰到鍋爐，在山中那聲響可以傳到兩英里之外。這讓我困擾極了，因為我得用水桶舀出木桶裡的啤酒，再爬上箱子彎腰將啤酒倒進鍋爐裡。不過很快地我再也沒有讓水桶撞到爐子了。

釀酒時也不能唱歌或吹口哨，不過我跟爺爺會交談。普通的講話聲在山裡也會傳得很遠，但是切羅基人知道一個大部分人都不知道的祕密，那就是只要用某種聲調說話，聽起來就會跟大自然的聲響融為一體，話語聲就成了微風吹過樹梢或是潺潺流水的聲音。我跟爺爺就是用這種聲調交談的。

我們會一邊工作一邊聽鳥兒的動靜。如果鳥兒突然飛走、蟋蟀停止歌唱，那麼就得注意了。

爺爺說，雖然釀酒人需要注意很多事情，但我也不必一次就把全部牢牢記住，之後就會慢慢習慣成自然了，而最後我確實把所有東西都記得清清楚楚了。

爺爺的威士忌有個商標。那是個代表釀酒人的標誌，就刻在每個密封罐的蓋子上。爺爺的商標是個戰斧，山裡沒有其他人用這個圖樣，因為每個釀酒人都有專屬的標誌。爺爺說這個商標是曾祖父傳給他的，他過世後也會再將此傳承給我。在喬金斯先生的店裡，有位顧客只認爺爺的戰斧商標，別的威士忌他不買。

爺爺說現在我們是合夥人了，所以我擁有一半商標的所有權。這是我第一次擁有屬於自己的東西，所以我以這個標誌為傲，並且決定追隨爺爺的腳步，保證印有這個商標的酒絕對都是好酒。我們絕不釀造劣質威士忌。

我想，我生命中遭遇最恐怖的經驗，大概就是發生在釀造威士忌的時候。那是在春日即將回歸的冬天，我跟爺爺剛蒸餾完最後一批酒，我們把半加崙的酒裝進密封罐裡放到麻袋中，就是我們用來裝落葉的麻袋，因為這能保護罐子不被摔破。

通常都是爺爺扛著兩大袋裝有大多數酒的袋子，我只扛裝有三加崙半威士忌的小麻袋。之後我的力氣變大可以扛四罐，不過在當時三罐就讓我氣喘吁吁了，我得不斷停下來休息。爺爺也會停下腳步等我。

那次我們才剛把酒裝進袋子裡，爺爺就突然大喊：「該死！是鬱悶男孩！」

鬱悶男孩就在蒸餾器旁，舌頭掛在外面晃呀晃。讓我跟爺爺驚嚇不已的是我們不知道牠究竟在那裡多久了。牠就這樣靜悄悄地跑來躺在那裡。我也跟著說，「該死！」（我之前說過，奶奶不在身邊的時候，我跟爺爺就會偶爾罵髒話。）

爺爺馬上側耳傾聽，但周圍沒有任何不對勁的聲響，鳥兒也還在樹上。爺爺說：「你先帶著袋子走下去，如果看到人就先躲起來，等他經過再繼續行動。我會抓緊時間清理這裡，把蒸餾器藏起來後從另一側下山。我們家裡見。」

我趕緊抓起袋子拋到肩膀上。沉重的酒瓶壓在我的背上，但我努力以最快速度搖搖晃晃地走上狹道。我嚇壞了……但我知道必須這麼做，得保護好蒸餾器才行。

平地人不會了解，山民的蒸餾器被破壞是何等的打擊。這就像芝加哥大火在芝加哥人心中烙下的陰影一樣。爺爺自上一代繼承了這個蒸餾器，現在，以他這個年紀，幾乎不可能再自己打造一個全新的。要是蒸餾器被破壞，不只我跟爺爺會失去工作，更會讓我們一家的生活陷入困難。

靠二十五分美金的玉米維生是不可能的，就算有很多玉米、就算全賣出去也不可能。況且這兩件事我們都辦不到。

爺爺不需要跟我解釋拯救蒸餾器有多麼急迫，我完全能夠明白，所以趕緊扛著袋子下山去。一次扛著三大罐酒實在不好行走。

爺爺讓鬱悶男孩跟我一起離開。牠走在我前面，我的眼神完全沒有離開牠，因為牠聽到任何聲響前就能先嗅出不尋常的氣味。

沿著狹道起伏的山脈又高又陡，只有溪澗旁的小徑能夠勉強通行。我跟鬱悶男孩走了大約一半路程時，聽到了山谷那邊傳來一陣喧鬧。

奶奶放出全部的獵犬了，牠們跑在小徑上不斷嚎叫。肯定有事情不對勁。我跟鬱悶男孩同時停下腳步，很快地就看到其他獵犬們跑上狹道朝我們過來。鬱悶男孩豎起耳朵和尾巴拚命嗅著空氣，背上的毛髮也都立了起來。牠在我前方踮著腳尖小心前行，我真高興有鬱悶男孩陪我。

然後陌生人出現了。他們突然出現在狹道的轉彎處，簡直像支軍隊一樣。不過後來仔細想想其實他們也才四個人。他們是我看過最高大的傢伙，每個人上衣都別了一個閃閃發亮的徽章。他們定在原地仔細打量我，好像從來沒看過小孩子一樣。而我也站著不動盯著他們。我突然覺得喉頭好乾燥，雙腿也開始發軟。

「嘿！」其中一個人大喊，「天哪……是個小孩！」另一個人也驚訝地大叫，「該死的印地安小孩！」他們之所以知道我是印地安人，應該是根據我穿的鹿皮靴子、鹿皮長褲和鹿皮襯衫……且我的頭髮又黑又長，不然我實在不知道他們是怎麼看出來的。

其中一個人說道，「小朋友，你的袋子裡裝了什麼？」緊接著另一個人大吼，「小心那隻獵犬！」

鬱悶男孩正呲牙裂嘴低聲咆哮，慢慢地走向他們。牠是玩真的。

那群人也開始小心翼翼地朝我的方向移動。我覺得自己好像擺脫不了他們，如果我跳進河裡他們抓得到我；如果我往回跑就會把他們引到蒸餾場，這麼一來我跟爺爺的事業就完了。保護蒸餾器也是我的責任，最後我決定往山的側面逃跑。

如果真的有必要在山坡上奔跑的話，倒是有個好方法……不過我希望你永遠不必這麼做。爺爺示範過切羅基人如何逃跑，不能一直線地往上衝，而是要順著山的稜線左彎右拐地跑上去。但也不能直接踩在土地上，而是要踏在灌木叢裡跟樹根上，這樣才不會滑倒。照著這個訣竅，你就可以在山裡快速跑動。我就是這麼做的。

但我不能順著山的稜線跑，這樣又會繞回狹道上……相反地，我沿著小徑跑去，正對著那群人高馬大的陌生人。

我一下就跑到了他們斜上方。他們離開小徑，橫衝直撞穿越灌木叢朝我衝過來。其中一人差點就抓住我的腳了，他抓了我踩過的枝條朝我猛衝，我覺得自己幾乎要被殺掉了。幸好這時鬱悶男孩狠狠咬住他的腳，他痛得哇哇大叫，往後倒在自己的同夥身上，而我頭也不回地一路朝山上跑去。

我聽到鬱悶男孩奮力嚎叫戰鬥的聲音。牠肯定是被拳打腳踢了，因為我聽到牠飛出去、痛苦大叫的哀嚎聲，但牠馬上就站起身子繼續戰鬥下去。我拚命跑呀跑——以我最快的速度——但背著沉重的罐子其實快不到哪裡去。

我聽到他們漸漸逼近的腳步聲，但就在這時，其他獵犬們也發動攻勢。我聽到老毛德和里皮淒厲的哀號聲，裡頭還夾雜著那群壯漢的鬼叫咒罵。之後，爺爺告訴我說他聽到打鬥聲轉移到了另一座山上，看來這場人狗大戰已經一發不可收拾了。

我盡可能地往前跑。不久後我就得停下來休息，我簡直要虛脫了；但我只休息一下，又馬上一路朝著山頂跑去。最後一段路我只能拖著酒罐前進，我不行了。

我仍舊聽得到人狗大戰的聲音。他們的戰場又回到狹道，打著打著又回到了山谷裡，哀號、吼叫、咒罵聲持續不斷，就像一顆大球滾落小徑的聲音一樣，一直滾到了遠處我才終於聽不見半點聲響。

雖然我累到幾乎站不起來了，但很慶幸他們沒有靠近蒸餾場，我知道爺爺會很高興。我的腳實在是痠到不行，所以就躺在落葉堆裡睡了一下。

我醒來時已經天黑了。月亮已經爬上遠方的山頭，近乎滿月的飽滿銀光照亮了山谷，也照亮了下山的路。然後我聽到了獵犬們的叫聲，我知道是爺爺派牠們來接我了，因為這叫聲跟追捕狐狸時的吼叫不一樣；牠們聽起來好像是在啜泣，急著聽到我的答覆似的。

牠們沿著我剛剛跑過的足跡找我。我吹了聲口哨後，牠們立刻喊叫做回應。不到一分鐘，我就被獵犬團團包圍了，狗狗們又是舔我的臉又是在我身上跳來跳去。連半盲的林克都一起來了。

我跟獵犬們一起下山，老毛德忍不住興奮地汪汪叫，通知爺爺奶奶我回來了。我覺得牠好像想把功勞全歸自己，雖然牠一點嗅覺也沒有。

走下山谷我看到奶奶站在小徑上。她舉著一盞燈，像是在為我照亮回家的路。爺爺也跟她在一起。

他們沒有爬上小徑，而是靜靜地在那等著我跟獵犬們下山。我覺得好極了。麻袋還在我身上，而且酒瓶完全沒有弄破。

奶奶放下油燈，跪下來張開雙臂迎接我。她緊緊地抱住我，差點把酒罐給摔到地上了。爺爺說剩下的路途酒罐就交給他吧。

爺爺說他活了七十幾年，從不曾像我做得這麼好。他說我以後肯定會是山林裡最傑出的釀酒人。

爺爺也說，我以後一定會比他厲害。我覺得不太可能，但聽到他這麼說還是很驕傲。
奶奶一句話也沒說，只是緊緊把我抱在懷裡。但其實我還走得動。

10 和基督徒做生意

到了隔天早上，所有獵犬們依舊是蹦蹦跳跳、趾高氣昂地露出驕傲的神情，因為牠們知道自己幫了個大忙。我也很驕傲，但不因此而自滿，因為我所做的事，只是身為威士忌釀酒人該盡的本分。

但是林克不見了。我跟爺爺又是大吼又是吹口哨，急著把牠找出來，但四處都不見牠的蹤影。我們幾乎把小屋翻了個遍，牠還是沒有出現。最後只好帶著獵犬出發上山去找，從山谷的小徑到狹道我們都走遍了，還是一點牠的蹤跡也沒有。爺爺說我們最好沿著昨天我下山的路徑找，首先我們去了灌木叢，四處搜索了一番最後來到山頂，到了這兒，林克總算被鬱悶男孩跟小紅給找到了。

林克撞到樹了。這應該是牠撞到的最後一棵樹，因為爺爺說牠的傷勢看起來像是一路撞了不少樹，不然就是被棍棒打傷的。牠虛弱地躺著，頭部鮮血淋漓，舌頭也被自己的牙齒咬破了。但牠還活著，爺爺一把抱起牠下山。

我們用溪水沖掉牠頭上的血，把牠緊緊咬住舌頭的牙齒弄開。牠的毛髮夾雜著不少灰絲，我這才知道牠很老了，根本不應該翻山越嶺只為了尋我回家。我們陪著牠坐在溪澗旁，不久後牠睜開雙眼，那對眼珠既蒼老又無神，也漸漸看不到東西了。

我靠向牠的臉龐，輕聲說我很高興牠來找我，也為此感到抱歉。但林克一點也不介意，牠舔了舔我的臉，表示若還有下一次，牠仍舊會不顧一切這麼做。

爺爺和我一起合力將林克抱下山，大部分的重量是在爺爺身上，我負責托住後腿。一回到家，爺爺放下牠後就說：「林克死了。」牠真的死了。半路上牠就撐不住了，但爺爺說牠知道我們來接牠回家了，林克安心地離去了。我好難過，但聽到爺爺這番話，難受的心情有稍微舒緩一點了。

爺爺說，林克離開世界的方式，正是山林中優秀獵犬所期待的方式：為了主人而犧牲，在林中走向生命的終點。

爺爺拿了一把鏟子，我們一起將林克的遺體帶到玉米田，那裡正是牠引以為傲、擔任守衛的地方。奶奶也來了，所有的獵犬也都來了，牠們全都夾著尾巴悲痛地哭泣。我也同樣悲傷不已。

爺爺將林克的墳墓挖在一棵水櫟下。這裡很美，秋日時分會被紅色的漆樹圍繞，春天來臨會有開著白色花朵的山茱萸相伴。

奶奶在墳墓底部鋪了一個白色棉布袋，把林克放上去後，用布袋將牠裹住。爺爺在林克上方放了一塊大木板，這樣浣熊就不會把牠挖出來了。最後我們用土覆蓋住墳墓。獵犬們佇立在周圍，牠們都知道土中埋的是林克，老毛德更是止不住哀號，因為林克是牠守衛玉米田的好戰友。

爺爺摘下帽子說：「再見了，林克。」我也跟林克道別。然後我們離開了，讓牠在水櫟下安息。

我難過極了，覺得心裡頭空了一大塊。爺爺說他完全能夠感同身受。但是他也說了，失去任何心愛的人事物都是相同的感覺。想要避免傷心，唯一的辦法就是完全不帶任何感情，但這樣會更糟，因為你會無時無刻都被空虛感給淹沒。

爺爺說，要是林克沒有這麼忠心的話，我們便不會以牠為榮。但那樣感覺會很糟糕。爺爺說得沒錯。他說我長大後依舊會記得林克，也會很高興自己還記得牠。他也說了，回憶是種很有趣的東西，我們老了後仍能細數那些美好鍾愛的回憶，壞的都忘光了。這證明了做壞事一點都不值得。

雖然林克走了，但我們的事業還是得繼續下去。我跟爺爺帶著貨物走過岔路，來到喬金斯先生位於十字路口的店鋪。爺爺稱我們的威士忌「貨物」。

我很喜歡那條岔路。我們走下山谷，踏上馬車道前會先往左拐走上這條路。這條路跨過山脊，朝河谷的方向延伸出去，彷彿就像平地上躺著一根大大的手指。

我們走過的山谷是片山脊間的低地，很輕鬆就能走完了。岔路一路綿延了好幾英里，途中穿越一片片松樹及雪松林，還有忍冬藤及柿子樹在兩旁守候。

秋天到來之時，當一棵棵柿子被霜凍得紅通通之後，我會在途中摘幾顆塞進口袋，再急忙快步趕上爺爺。春天時我也會做同樣的事情，但那時摘的是黑莓果。

有一次，爺爺也跟著停下來看我摘黑莓。他跟我說，有句話可以把所有人都唬得一愣一愣的。「小樹，你知道當黑莓還是綠色的時候，其實它們是紅色的嗎？」

聽到這問題我整個人都傻了，爺爺接著笑說：「黑莓之所以叫做黑莓……是因為它們的顏色……人們說『青澀（色）』，其實是指黑莓還沒有成熟……而還沒有熟的黑莓，其實是『紅色』的。」這倒是沒錯。

爺爺又繼續說：「這就是那些傻蛋用一堆字詞來整自己的下場。你聽到某人用某些字眼反駁他人時，千萬別被他騙了，因為那些字眼毫無意義。你該聽的是說話的『音調』，如此才能分辨出那些話語的真偽。」爺爺很討厭那麼多字在生活中繞來轉去。我完全理解他的感受。

小徑邊還有很多山核桃、栗樹、胡桃和堅果。所以不論是哪個季節，從十字路口店鋪回家的路上，我總是忙著採集各種果實。

把貨物帶到商店是件很棒的工作。有時我會扛著裝有三大罐酒的袋子，遠遠落在爺爺後頭。爺爺會在前方某處坐下，等我趕上他後一起休息。

這樣沿路休息好幾次，從一個休息處走向下一個的方式，讓運送貨物的過程變得不那麼艱辛。我們爬上最後一座山脊時，爺爺和我會坐在灌木叢中，看看店鋪外面有沒有放酸洗槽。如果沒看到，就表示一切正常。但要是酸洗槽在那兒，就表示警察來了，我們就不能把貨物帶過去了。山林裡的每個人都會先看看酸洗槽在不在，因為大家都有貨物要運送。

雖然我從未看過酸洗槽擺在外面，但每次我還是會認真查看。我知道威士忌這門生意其實很複雜。但爺爺說，其實每一種事業或多或少都有它複雜難解之處。

爺爺說，牙醫一天到晚要看著別人的嘴巴，他問我是否想過每天都有看不完的嘴巴是什麼感覺？他說如果他是牙醫肯定會瘋掉。所以呢，雖然釀造威士忌這樁事業有很多複雜的規矩，但仍舊是比較好的選擇。我完全同意。

我很喜歡喬金斯先生。他高高胖胖的，總是穿著連身工作服，白色的鬍鬚一路垂到工作服的圍裙上。但他頭頂光禿禿的，看起來像顆松樹上的樹瘤。

他店裡什麼都有：一架架的襯衫、連身服；一盒盒的鞋子；裝滿桶子的餅乾；櫃檯上又大又圓的起司。除了起司，櫃檯上還有個裝滿各式糖果的玻璃櫃，那些糖果多到彷彿永遠吃不完似的。我從沒看過有人吃那些糖果，但我想應該有些人會買，不然喬金斯先生不會把它們放在那。

每次我們送貨過去，喬金斯先生都會要我去他的柴堆裡幫忙拿一些壁爐的燃料。我每次都會幫他的忙。第一次，他給了我一根條紋拐杖糖當作獎勵，我不能拿，因為只是幫忙拿些木柴而已，一點都不費力。他只好把那根糖放回罐子裡，但馬上又找出另一根快過期，準備要被丟掉的糖果。爺爺說我可以收下沒有關係，因為這不能賣了，最後還是會被喬金斯先生丟掉。所以我拿了。

每個月他都會給我一根快壞掉的糖果，我想我剛好可以幫他吃掉那些庫存。他說我真是幫了一個大忙。

我的五十分錢就是在店外被騙走的。那是我存了好久才存到的。每個月送完貨，奶奶都會在我的罐子裡放五分錢或十分錢，就這樣一點一滴存到了五十分。

這是我參與買賣的成果。每次去送貨，我都會把所有錢放進口袋。但我從來沒有花掉它們，回家後就會原封不動地將它們放回罐子裡。

將這些錢放在口袋裡，知道它們是屬於我的，這作法讓我感到安心。我常常望著糖果櫃裡一個紅綠相間的大盒子。我不知道那個要多少錢，但我想在明年聖誕節時買來送給奶奶……然後我們就可以一起吃掉裡面的糖果。但是呢，在那之前我的錢就被騙走了。

那時差不多是午飯時間，太陽高高掛在天上，我跟爺爺送完貨後蹲在店外的屋簷下休息。爺爺幫奶奶買了一些糖和三顆橘子，奶奶很喜歡吃橘子，我也是，但不是每次都有錢買。這次爺爺買了三顆，我知道其中一顆是我的。

我在外頭吃拐杖糖的時候，三三兩兩的客人陸續來到店鋪。他們說有個政客來了且準備要發表一場演說。我不確定爺爺會不會留下來，因為我知道他很討厭那些政客，但我們還待在那兒休息的時候，政客就到了。

那人坐在一輛大車裡，車子揚起了地上的塵土，所以每個人都大老遠就看到他了。他有專人替他開車，自己跟另一名女人坐在後座。每次政客講話的時候，那女人就朝車窗外彈出菸灰。爺爺說她抽的是已經捲好、由專人特別製作的菸，只有有錢人才抽這種菸，因為他們都懶得自己捲菸草。

政客下車跟每個人握手，但略過了我跟爺爺。爺爺說因為我們是印地安人且沒有投票權，所以對政客而言一點用處也沒有。我想我可以理解。

那政客穿了件白色襯衫和黑色外套，領口處還打了個黑色領結。他笑個不停，看起來很開心的樣子，但一開始說話他就生氣了。

他站上一個木箱，開始長篇大論起華盛頓市的狀況……他說一切都糟透了。他說那兒慘不忍睹的程度只有所多瑪與蛾摩拉這兩個城市可以比擬。他越說越生氣，甚至氣到扯掉自己的領結。

他氣呼呼地說這一切都是天主教徒的錯，都是那些教徒掌握大權，設法把主教先生送進白宮才釀成這麼多麻煩。天主教徒，他說，是世上最腐敗惡劣的毒蛇。他說那群人中有些叫作「神父」的人會跟叫作「修女」的人通姦，然後就會生出小神父小修女，這些小孩們全都會被抓去餵狗。政客說這絕對是世界上他聽過和見過最惡劣的行徑。聽起來真的是。

他幾乎是憤怒到開始咆哮，我猜，華盛頓市的情況應該已經糟到把人逼瘋的地步了。他說要不是有他起身反抗，那些天主教徒早就濫用權力，所有人早就遭受毒手了……聽起來真的很恐怖。

他說如果那些教徒得逞，就會把所有女人關進修道院裡……還會把所有小孩都殺掉。而要避免這種慘劇，唯一的方法就是把他送進白宮，讓他親手平定那些亂事。他也說，這絕對是場硬仗，因為所有人都將金錢奉獻給那些教徒了。他忿恨不平地說他絕對不會拿取人民的金錢，因為對他而言那是無用之物，他竭力反對這種金錢政治。

他也說道，有時候他幾乎要放棄了，只想悠閒地過日子，就跟我們一樣。這說法真讓人難受，悠閒地過日子。他講完後走下木箱，笑著跟在場的人握手。看來他很有自信可以贏得選舉。

我覺得這樣挺好的，他如果當選了，就能擊退那些天主教徒。

他在跟大家握手交談的同時，有個牽著一頭小棕牛的人走出人群。那人站在人群外圍，在政客經過時跟他握了兩次手。小牛低著頭默默站在他身後。我起身走近小牛拍了拍牠的頭，但牠還是不願抬頭。那人戴了頂很大的帽子，銳利的雙眼笑起來時幾乎瞇成一條線，他低頭看著我笑道：

「喜歡我的牛嗎，小伙子？」

「喜歡。」我回答，並且往後退一些，以免他覺得我在騷擾他的牛。

「繼續呀，」他說道，聽起來興高采烈，「拍拍牠的頭，這不會弄傷牠的。」我又輕拍了小牛的頭。

那人朝小牛背上吐了一口菸草汁。「看來我的牛很喜歡你……勝過喜歡其他人……牠好像很想跟你走。」我完全看不出來小牛喜歡我，但這是他的牛，他肯定很了解牠。突然那人跪在我面前。「你有錢嗎，小伙子？」

「有的，」我說，「我有五十分。」那人眉頭一皺，我知道這些錢不多，但很遺憾這是我全部的錢了。

但他馬上又笑了，「嗯，這頭小牛可比五十分還要值錢一百倍。」我也這麼覺得。「沒錯，」我說，「但我沒有打算買下牠。」那人又皺眉了。「好吧，」他說，「我是個基督徒，雖然我的牛很值錢，但看在牠那麼喜歡你的份上，我真心期盼你能擁有牠。」他沉吟了一會兒，看起來非常捨不得這隻小牛。

「我沒有……我不會帶走你的小牛的，先生。」我回答他。

但那人馬上舉起手阻止我繼續說下去。他嘆了口氣說道：「我希望你可以擁有這頭牛，孩子，為了五十分錢，也為了身為一名基督徒的責任。還有——不——你一定要答應我，只要給我五十分，這頭牛就是你的了。」

看他這麼堅持，我還真沒辦法拒絕他。所以我就把所有的錢都給他了，收下錢後他把小牛的牽繩交給我就溜了，我不知道他到底去哪了。

得到這隻小牛真是太棒了，雖然好像占了人家便宜，就像他自己說的，他是個基督徒，天生就處於比較劣勢的地位。我把小牛牽去給爺爺看，他沒有像我這麼興奮，但我覺得可能是因為這牛是我的，而不是他的。我說我們可以共有這隻牛，就像我們共同經營威士忌事業一樣。但爺爺只是咕噥了一聲。

圍在政客周圍的人潮逐漸散去，每個人似乎都同意他應該盡快進駐華盛頓市，好對抗天主教徒的惡勢力。他發了好多競選傳單，雖然沒有給我，但我自己在地上撿到了一張。傳單上有他的照片，他笑得好燦爛，彷彿華盛頓市一片安樂祥和一樣，且照片裡的他看起來好年輕。

爺爺說該回家了，我趕緊把傳單塞進口袋裡，牽好小牛跟上腳步。但這路程真是艱辛，因為小牛幾乎不肯移動。他腳步蹣跚，我只得使勁往前拉。我真怕我拉得太用力會害牠摔倒。

我開始擔心有沒有辦法順利把牠牽回家，雖然牠比我付的錢還要有價值一百倍……但搞不好牠已經生病了。

我才剛爬上山脊而已，爺爺已經走到山谷底部了。看到自己落後這麼多，我忍不住大喊：「爺爺……你認識天主教徒嗎？」爺爺聽到這問題停下腳步。我趕緊更用力地拉著小牛追上去，爺爺就站在原地等我們。

「有遇過一次，」爺爺說，「在某個小縣城。」我跟小牛終於趕上了，趕緊逮住機會休息。「那個天主教徒看起來沒有很壞……但他狀況不太好……他的衣領皺巴巴的，且他好像醉到搞不清狀況了。不過他人看起來滿和善的。」

爺爺坐在一顆大石頭上，看起來好像在回想整件事，這樣我就能再多休息一下了。小牛叉開前腿站在一旁，整頭牛氣喘吁吁的。

「但是，」爺爺接著說，「如果你拿把刀切開那政客的喉嚨，你會發現那裡頭一點真話也沒有。你有沒有發現，那個雜種完全沒提到廢除威士忌酒稅這項政策？也沒提到穀物的價格……他只囉嗦了一堆無關緊要的事。」我發現爺爺說的沒錯。

我回答爺爺，那雜種真的完全沒提到這些事。

爺爺提醒我說「雜種」是個新的髒話，千萬不能讓奶奶聽到。他也說了，就算神父跟修女天天睡在一起他也不在乎，公鹿跟母鹿交配的次數比這重要多了。爺爺告訴我，他們通不通姦不關我們的事。

說到把小孩抓去餵狗，爺爺說母鹿是不可能把牠的小鹿丟去餵狗的，女人當然也不可能，這一切都是胡說八道。我覺得很有道理。

聽完爺爺這番話，我對天主教徒的印象有好一點了。他說天主教徒確實可能想要掌權……但這意思就跟你有一頭豬一樣，你為了不讓別人偷走，僱了十或十二個人來看守，結果那些人每個都想偷你的豬。其實保護豬最好的辦法就是讓牠待在自家廚房裡。爺爺說華盛頓那些人各個都心懷不軌，一整天都只顧著監視彼此。

爺爺說渴望權力的人多到數不清，所以才會有持續不斷的衝突鬥爭。他說華盛頓市最糟糕的情況就是那兒有太多該死的政客了。

雖然我們會上死硬派的浸信會教堂做禮拜，但爺爺說他極度不願意看到那些死硬派分子手握權力。他說那些人都只許自身縱飲，不准百姓釀酒。他們總有一天會喝乾全國的酒。

我馬上就發現，除了天主教徒外還有其他別的威脅。如果讓那些死硬派分子得逞，我跟爺爺的威士忌事業就毀於一旦了，然後我們可能會餓死。

我問爺爺，那些釀造陳年威士忌的大酒商會不會也想掌權呢？我們這些搶他們生意的人會不會被勒令停業？爺爺說他們肯定也想方設法地加入政壇，更不乏一天到晚去賄賂華盛頓的政客們。

爺爺告訴我只有一件事無庸置疑。那就是印地安人絕對不會掌權。不可能。

爺爺話才講到一半，我的小牛就倒地死了。牠就這樣側躺在那裡一動也不動。那時我手拉著牽繩站在爺爺面前，他手指向我身後說：「你的小牛死了。」爺爺從來都不認為自己也是小牛的主人。

我跪下，試著撐起小牛的頭，想讓牠重新站起來，但牠只是軟趴趴地躺在地上。爺爺搖搖頭說，「牠死了，小樹。某個東西死了的時候……就是死了。」話是這樣說沒錯。我蹲在小牛旁邊看著牠。這應該是我最難過的記憶。我的五十分沒了，紅綠相間的糖果盒也沒了。現在我的小牛——比五十分還要值錢一百倍的小牛——也沒了。

爺爺從他的鹿皮靴子裡抽出長刀，用刀割開小牛的肚子取出牠的肝臟。他手捧著肝臟告訴我：「你看這上面都是黑點，顯然牠病了。我們不能吃牠的肉。」

看起來我們什麼也做不了。我差點哭出來。爺爺跪著剝下小牛的外皮，他說，「有了這塊皮，奶奶就會給你十分錢；她應該可以用這牛皮做點什麼。」看來也只能這樣了。我抱著我的牛皮跟爺爺走下小徑，一路朝回家的方向前進。

奶奶看到牛皮什麼也沒問，但我告訴她我的五十分錢沒了，因為我買了一頭小牛——一頭已經死了的小牛。奶奶用十分錢買下我的牛皮，我把錢裝進玻璃罐裡。

那天晚餐是我很喜歡的豌豆泥和玉米麵包，但我一點胃口也沒有。吃飯的時候，爺爺看著我說道：「你看，小樹，這經驗讓你學到了教訓。如果我阻止你買那頭小牛，你就會一直惦記著本該屬於你的小牛。但要是我叫你買，你就會把小牛的死怪到我頭上。所以唯有讓你自己做決定，才能學會這寶貴的一課。」

「我知道了。」我說。

「那麼，」爺爺問，「你學到了什麼？」

「嗯……」我回答道，「以後不能跟基督徒做生意。」

奶奶笑了出來。但我實在看不出這有什麼好笑的。爺爺好像愣住了，但馬上就大笑到差點被玉米麵包噎到。我想我可能學到了一件很有趣的事情，只是自己沒有發現。

奶奶問：「你的意思是，小樹，如果下次又遇到一個不斷誇耀自己是好人的人，你會多留意一些嗎？」

「是的，奶奶，」我說，「我會的。」

其實我還是沒搞清楚狀況……只知道我的五十分錢沒了。我實在累壞了，忍不住在桌前打瞌睡，頭整個貼到了盤子上。奶奶只得幫我把臉上的豌豆泥洗乾淨。

那晚我夢到死硬派分子和天主教徒來到山上。死硬派毀了我們的蒸餾場，天主教徒吃了我的小牛。

那兒還站著一個高大的基督徒，笑著觀賞眼前發生的一切。他有個紅綠相間的糖果盒，他說那盒子比五十分錢還要貴一百倍，但他願意便宜賣我五十分。但我一毛錢也沒有，我無法買下糖果盒。

11 路口小店的插曲

奶奶拿了枝筆，在紙上計算給我看我跟基督徒做生意虧了多少錢。結果其實只損失了四十美分，因為那張牛皮讓我賺回了十分錢。我把錢放進密封罐裡，再也沒有帶出門，我想它待在罐子裡會安全很多。

下一批的貨物又讓我賺了十美分，且奶奶還多給了我五分錢。目前為止我又擁有二十五美分了，正一點一滴地將損失的錢存回來。

雖然上次在店裡被騙了五十分錢，但我沒有因為這樣就討厭送貨這項工作；因為扛著裝滿貨物的麻袋是件很棒的差事。

現在我每週都從字典裡學到五個新的單字，奶奶會先解釋每個字的意思，然後要我用這些單字造句。我在送貨的路上會不斷用這些句子跟爺爺交談，這樣他就得停下腳步來仔細聽我說話，我也就可以放下袋子休息一下了。有時爺爺會被這些字詞弄得暈頭轉向，然後就叫我不必再練習這些單字了，這讓我的單字學習之路進度快了不少。

學到「討厭」這個詞的時候，照慣例爺爺在小徑上依舊領先我一大步，而我不斷用新詞彙來造句，我朝著爺爺背影大喊：「我討厭荊棘、黃蜂之類的東西。」

爺爺聽到後停步，直到我趕到他身旁放下麻袋才開口：「你說什麼？」

「我說，我討厭荊棘、黃蜂之類的東西。」我回答。爺爺用嚴肅的神情盯著我，我開始覺得不太自在。「什麼鬼，」他說，「妓女跟荊棘還有黃蜂有什麼關係？」

我說我也不知道，但我剛剛說的是「討厭」，是指一個人受不了某個人或某件事的意思。

「那麼，」爺爺說，「你為什麼不直接說你『受不了』，而是要說『妓女』呢？」我回答他我也搞不清楚，因為字典裡就是這樣寫的。爺爺對此很激動地說，那個愛管閒事、發明字典的雜種應該要抓去槍斃才對。

他說這個傢伙一定也發明了一大堆字，搞出一堆同義詞來蒙騙大眾。這就是為何政客們老是唬弄平民百姓，但卻不須付出代價的原因，因為事後他們往往不承認自己說過某些話，或是堅稱自己的意思不是那樣。爺爺說，如果仔細調查的話，會發現字典絕對是政客發明出來的玩意，或是他們在背後主導著這一切。我覺得聽起來滿合理的。

他說我也可以不理這個字，所以我就沒再練習它了。到了冬天或是休息期間，商店裡總是特別多顧客。「休息時間」大多是在八月，農夫們耕地、鋤草，重複大約四五次後，就進入了一年之中的休息時間，因為這時候玉米已經長得夠大了，他們就可以「休息去了」，不必耕地鋤草的這段日子，他們只需等玉米成熟後再去採收即可。

貨送完，爺爺拿到酬勞後，我就去替喬金斯先生拿柴火，然後也拿到了我的拐杖糖獎勵，工作完成後，我跟爺爺都會蹲在店外的屋簷下，背倚著牆壁打發時間。

爺爺的口袋裡有十八塊錢……回家後我會拿到至少十美分。通常他都會順便幫奶奶買些糖和咖啡……若有多餘的錢，則會再買些白麵粉。到了這時，整個禮拜辛勞地釀造、交易過程就算是告一段落了。

蹲在店外休息時，我就會順便把糖果吃掉。這真是一段開心的時光。

我們會蹲在那裡聽其他人在說些什麼。有人說因為經濟大蕭條的因素，紐約有人跳樓自殺，或是舉槍自盡。爺爺對此不發一語。我也什麼都沒說。但是之後他告訴我說紐約實在太多人了，土地供不應求的情況無法讓所有人都維持溫飽，導致很多人因此發瘋尋死，在手槍與窗玻璃前結束自己性命。

店外通常都有個人幫大家理髮。他在屋簷下放了一張直背椅，一個接一個的顧客排隊請他修整儀容。

還有另一個人——大家都叫他「老人班奈特」——負責替大夥拔牙。拔牙這門手術可不是每個人都做得來的。若你牙齒壞了就必須把它拔掉。

大家都很喜歡觀看老人班奈特進行拔牙手術。他要蛀牙的人坐上椅子，然後把鐵絲放在火爐上烤得通紅。下一步是將鐵絲套在那顆壞掉的牙齒上，再拿根釘子對準牙齒，接著舉起槌子一敲。他的敲法可是有獨門訣竅的。那顆牙齒就這麼脫離嘴巴滾到地上了。他很以自己的技術為傲，要求大家觀看時只能站在他背後，以免拔牙技巧被偷學走。

有一次，有個跟老人班奈特差不多年紀的人——雷特先生——來拔牙。老人班奈特要他坐上椅子，自己動手燒起鐵絲。他將鐵絲固定上牙齒後，雷特先生卻一不小心讓自己的舌頭也纏上鐵絲了。他痛到大聲嚷嚷，朝班奈特先生肚子踹了一腳，還一拳將人家打倒在地。

這讓老人班奈特氣壞了，他馬上舉起椅子朝雷特先生頭上砸去，兩人就這麼在地上扭打成一團，一直到圍觀的人將他們拉開才罷手。他們起身後互相咒罵——應該說是老人班奈特自己在咒罵，因為沒人聽得懂雷特先生到底在罵些什麼，但很顯然他已經氣瘋了！

等到他們終於冷靜下來後，一群人抓住雷特先生，拉著他的舌頭塗上松節油。塗完油後他就離開了。這是我第一次見到老人班奈特拔牙失敗，但他自己倒是不太在意。他對自己的技術非常有自信，並跟大夥兒解釋為何他沒能拔出那顆蛀牙。他說這一切都是雷特先生的錯。我想也是。

我立刻就決定，無論如何也不能弄壞牙齒。如果真弄壞了，也不能讓老人班奈特知道。

我就是在店外認識這名女孩的。冬天時，或是農地進入休息時間後，她會跟她爸爸一起來店裡。她爸爸很年輕，老是穿著破舊的連身工作服，且大多時候都沒穿鞋子。小女孩幾乎也都是赤腳，就算天氣很冷也一樣。

爺爺說他們是佃農。他說佃農沒有自己的土地，也沒有其他屬於自己的東西——連床架或椅子都沒有。他們替別人的田地工作，有時可以分得一半賣穀物賺到的錢，但大多時候都只能拿到三分之一。他們稱這樣的買賣方式是「一半」，或是「三分之一」。

爺爺告訴我，所有作物收成後，地主會開始算帳——包括伙食費、種子、肥料，甚至是花在騾子身上的費用和其他各式各樣的名目——最後佃農們就被剝削到什麼都沒有，僅獲得勉強能餬口飯的收入。那真的非常少。

爺爺說，一戶佃農人口越多，就越有機會從地主那獲得較高收入，因為家中每個人都是在同一片農地工作。人口越多，產能也就越高。爺爺也說，佃農們都希望家裡越多人越好，畢竟這是生存的必要條件。一戶人家中，女人負責採收棉花、鋤草之類的工作，這時小嬰兒們就自己待在樹蔭下，彼此扭打玩耍找樂子。

爺爺告訴我，印地安人不會做這種工作。他寧可去森林裡追捕兔子維生。但他也說了，那其中有些人是別無選擇，不得不受困於這樣的生活中。

爺爺認為，這一切都是那些該死的政客的錯，那些人只會出一張嘴大聲嚷嚷，耍弄一些文字遊戲，從不去做他們真正該做的工作。他也說，地主們有好有壞，就跟平民百姓一樣，但只要一到作物收成，進入「算帳時刻」後，大多數的地主都是讓人失望的。

這就是為什麼佃農們每年都在遷移的原因。每年冬天他們都會尋找新的地主。他們會搬進新的簡陋屋子，晚上圍坐在廚房的桌邊，父親與母親會開始築起今年在這個地方他們將賺得多少錢的美夢。

爺爺說這個夢想會陪伴他們度過收成前的春天與夏日，之後又是一段苦澀的循環。這就是他們得每年搬遷的原因，那些搞不懂情況的人還嫌他們是「沒志氣的傢伙」，爺爺說這又是一個該死的字眼，就像很多人因為佃農生很多孩子就罵他們「不負責任」一樣——

但這卻是他們不得已的苦衷。

我跟爺爺在回家的路上討論這件事，他越說越激動，所以我們在路旁休息了將近一個小時。

我也跟著激動起來，還發現爺爺真的很了解那些政客腦子裡在想些什麼。我說那些雜種們應該通通被驅逐才對。爺爺聽到「雜種」這個字後突然停止了話題，再次告誡我這真的是個很惡毒的髒話，千萬不能讓奶奶聽到，不然我們一定會被永遠逐出小屋。我牢牢記住了爺爺說的話，因為那後果真的是不堪設想。

有天我蹲在屋簷下吃拐杖糖的時候，小女孩走過來站在我面前。當時她的父親在店裡。她的頭髮整個糾結成一團，牙齒也全壞光了；我暗自希望老人班奈特千萬別發現。她穿了一件麻袋做成的洋裝，什麼都不說就只是站在那兒盯著我瞧，光著的腳丫不斷踢著地上的塵土。看見她的模樣，再瞧瞧自己吃的糖，這感覺真是充滿罪惡。所以我讓她舔幾下，提醒她不能咬斷，舔完還得還我才行。她接過拐杖糖後一連舔了好幾口。

她說她一天可以採收一百磅的棉花。她還說她有個哥哥一天可以採收兩百磅，還有她媽媽——身體沒有不舒服的時候——可以採收三百磅。她又說了，她爸爸如果晚上也工作的話，一天就可以採收到五百磅的棉花。

她說他們絕不會在麻袋裡放石頭來謊騙重量，他們做的都是腳踏實地的良心工作。她說他們全家人都知道老實做事才是上策。

她問我可以採收多少棉花，我說我從來沒有做過。她說她想也是，畢竟每個人都知道印地安人既懶惰又愚笨。我一聽立刻要回了我的拐杖糖。但是她接著又說了，不是我們不會，而是因為我們可能有別的工作要做。所以我又讓她多舔了幾口。

現在正值冬天，小女孩說他們全家人正在等候斑鳩的指示。她說，他們相信斑鳩叫聲來自哪個方向，那個方向就是他們明年遷移的目標。

她說目前還沒聽到斑鳩的呼喚，但是他們無時無刻都抱著期待，因為他們已經被現在的地主騙了。她父親跟地主大吵了一架，他們不得不離開。她還告訴我，她父親來到店裡是為了詢問有沒有人需要這樣一家誠實不惹事的佃農幫忙工作。她滿心期待能找到一個完美的住處，因為她父親說他們辛勤工作的好名聲已經傳遍各處了，明年他們一定能有較好的生活。

女孩說，明年新土地的穀物收成後，她就可以得到一個洋娃娃。她母親答應會在店裡買一個擁著真正頭髮、眼睛能眨呀眨的洋娃娃。她也說了，除了洋娃娃外搞不好還會有更多東西，因為他們將會非常富有。

我告訴她我們除了山谷中的玉米田外，沒有其他土地了，且我們是山地人，完全不懂那些平地的耕種模式。我還告訴她我有十分錢。

她想看看我的錢，但錢放在家裡的密封罐裡。我告訴她我沒有帶出門，因為上次有個基督徒騙走了我的五十美分，我可不想再被騙走現在僅有的十分錢。

她說她也是基督徒。她曾在灌木叢中的涼亭聚會遇見聖靈，並且被祂拯救了。她說她父母每次都會遇見聖靈，彼此還能用一種神祕的話語交談。身為基督徒很快樂，尤其灌木叢聚會是他們最歡樂的時光，在那個當下他們能感受到自身被聖靈所填滿，還有一切萬物都充實了他們。他說我沒被聖靈拯救的話，以後可是會下地獄的。

其實我馬上就發現她是個基督徒，因為她一邊講話，一邊把我的拐杖糖舔到只剩下一小塊。我立刻把那僅剩的一小部分要回來。

回家後我跟奶奶提到那個女孩。奶奶替她做了一雙新的鹿皮靴子，靴子的上緣有一部分是我的小牛皮，上頭覆蓋著柔軟的牛毛。這雙鞋漂亮極了。奶奶還在每隻靴子上裝飾了紅色的珠子。

下個月我們去到店裡的時候，我把靴子送給那個小女孩，她立刻就穿上了。我告訴她這是奶奶特別為她製作的，是不用錢的。她穿上鞋後在店外跑來跑去，不時望向自己的雙腳，她一定很以這雙鞋為傲，因為她不時彎下身撫摸靴子上的紅色珠珠。我還告訴她靴子裡的毛皮是來自我賣給奶奶的牛皮。

他爸爸走出店門後，她馬上興高采烈地踩著新鞋跟在他身後朝小路走去。我跟爺爺在原地望著他們離去的背影。他們走了一段距離後，那父親停下腳步來問了女孩幾句話，那女孩回身指了指我們這邊。

然後那位父親走到路邊，折了一根柿子樹的細長枝條，他把女孩拽到一旁，猛力地用手中的枝條抽打她的雙腿和後背。她痛到大聲哭喊，但絲毫沒有移動腳步。那男人一直抽打到手中的枝條都斷了……每個站在屋簷下的人都看到這一幕……但所有人都默不作聲。

那位父親要小女孩立刻脫掉靴子。他手捧著靴子朝我們走了過來，我跟爺爺立刻站直身子。然而他絲毫沒有理會爺爺，而是站在我面前直勾勾地盯著我，他的表情僵硬，雙眼簡直要噴火了。他把鹿皮靴子還給我——我拿了——然後說道：「我們不需要任何施捨……任何人給的東西都不需要……尤其是異教徒野蠻人！」

我簡直嚇壞了。他說完立刻轉身離去，破舊的連身服隨著他的步伐上下擺動。他快步走到女孩身邊，她乖乖跟著父親繼續上路。她已經停止哭泣了，反而昂起頭來驕傲地闊步向前，沒有看向任何一個人。從我們這兒還能清楚看到她腿上的紅色傷疤。然後我跟爺爺也離開了。

在回家的路上，爺爺說他簡直無法忍受那佃農的行為，他根本把他那滿腔的驕傲用錯了地方。他跟我說，那男人不准自己的女兒，還有其他小孩子喜愛那些他們買不起的漂亮東西。所以當他們滿心歡喜地擁有自己不配擁有的東西時……他才會那樣鞭打教訓他們；如此一來他們就學會了，不能對美好的事物抱有期待。

他們可以期待的是聖靈帶來的歡樂時光，他們擁有驕傲的心魄，還有美好的「明年」。

爺爺說，他並不怪我不了解這些事情。他自己也是幾年前才碰巧見到類似的狀況。當時他經過一戶佃農的小屋，剛好看到有個男人走到後院，發現自己的兩個女兒正在看西爾斯百貨的型錄。

爺爺告訴我，那男人二話不說抓起枝條猛抽女孩的雙腿，直到鮮血直流才停手。爺爺說他看著那男人一把抓起百貨公司的型錄走到穀倉後，將型錄撕個粉粹後放火燒了，就好像他跟那型錄有什麼深仇大恨一般。爺爺看見那男人靠著穀倉坐下來，四下無人的時候忍不住哭了。他就是碰巧見到這一幕才明白這一切。

爺爺說，大家應該都要明白佃農的苦衷才對。但大部分的人不願意去理解——這太麻煩了——所以他們就用言語來掩飾自己的懶惰，批評人家是「沒志氣的傢伙」。

我把鹿皮靴子帶回家，把它跟我的工作服、襯衫一起放在麻袋下。我不想看到這靴子，因為這會讓我想起小女孩的遭遇。

她再也沒有來到十字路口的小店，她父親也沒來。我想他們應該已經搬走了。他們應該聽到了來自遠方的斑鳩鳴叫。

12 溪邊驚魂記

印地安紫羅蘭第一個採頭迎接山林的春日。就在你以為春神不會露面之時，祂就這麼來了。小巧的紫羅蘭緊貼著地面生長，冰藍的色澤宛如三月的微風，稍不留意可能就會忽略它們的存在。

我在山邊協助奶奶一起摘採這些小花，採到我們的雙手被冷風凍僵了為止。奶奶用這些紫羅蘭製作養生茶，她說我摘得又快又好。我確實做得不錯。

我們也在山上的小徑蒐集常綠植物的針葉，走在這段路上，腳下仍會傳來冰層嘎嚓破裂的聲響。奶奶也會將這些針葉泡成熱茶。這種花草茶比水果還要好，喝下去後整個人神清氣爽。此外我們也找到了些植物根莖和臭松的種子。

我一學會採集橡實的訣竅後，就成了這門技術的高手。一開始我每撿到一顆就跑去放進奶奶的袋子裡，後來奶奶說可以累積到雙手拿不完了再放進袋中。這挺簡單的，因為我比較矮小，比較接近地面，所以能夠比奶奶撿到更多的橡實。

奶奶會把這些果實磨成粉，粉末是金黃色的，然後跟山核桃還有胡桃的粉末一起做成炸餡餅，它的口感非常獨特，幾乎不可能找到類似的風味。

有時候廚房會發生小意外，奶奶會失手把糖灑進橡果粉裡。這時她會這麼說：「哎呀，小樹，我把糖灑進橡果粉裡了。」我每次都沒有說什麼，但我知道這樣我就可以多吃一塊炸餡餅了。

我跟爺爺都是橡果炸餡餅的超級愛好者。

到了三月底，印地安紫羅蘭開花之後，我們會一起上山採集。冷冽刺骨的強風每分每秒都在改變樣貌。風勢微弱時，它會溫柔地輕撫你的臉，捎來一絲大地的氣息，你便知道春天的腳步近了。

到了隔天，或是後天（這時你能夠迎面感受微風吹拂了），溫柔的微風會再次吹來。這次，風勢持續地更久，伴隨而來的氣息也更濃烈甜美了。

山脊上的冰雪開始碎裂融化，雪水沿著地面向下流淌，像是一根根手指般匯入了山間溪澗。

黃色蒲公英沿著山谷遍地開花，我們摘下它們做成生菜沙拉——跟柳蘭、商陸還有蕁麻一起食用更好。蕁麻是最棒的生菜，但採摘時那上頭的細小絨毛老是讓我們全身搔癢難耐。我跟爺爺經常略過蕁麻叢，但奶奶總是會發現，我們只得又一起走進去採收。爺爺說他從來不知道生活中還有如採集這般愉悅的事情，裡頭沒有可怕的陷阱——除了一些扎人的絨毛。我覺得說得對極了。

柳蘭開有紫色的大花，長長的莖可以直接剝皮生吃，或是煮熟也行，口感跟蘆筍差不多。

芥菜則大片大片生長在山側，像極了一張黃色毛毯。它開有亮黃色的小花朵，葉片帶有嗆辣的口感。奶奶會把芥菜跟其他生菜拌在一起，有時也會把它的種籽磨成泥狀，做成桌上常見的芥末醬。

野生植物的氣味遠比人工種植的強烈一百倍。我們從土裡拔出野生洋蔥，單單幾顆的味道就比一蒲式耳家裡種的洋蔥還要嗆辣。

天氣變暖、雨水漸豐之時，山林遍布著色彩鮮艷的花朵，就像有個人打翻顏料桶一般，將山巒變成了一幅五顏六色的水彩畫。雀尾花開有長形、也有圓形的大大紅花，色澤亮眼如同一張張色紙；岩石間探出頭的風信子與藍鈴花爭奇鬥艷，在細如藤蔓的枝幹上隨風搖曳。齒莧貼著地面生長，它的花像極了又大又圓的粉紫色臉龐，正中央是一抹黃色花芯畫龍點睛。月光花則是深藏在山谷中，長長的莖部像柳枝一樣左右搖擺，頂上的花朵邊緣鑲有一圈美麗的粉紅色澤。

隨著氣溫不斷變化，大地之母夢歐拉的子宮中也孕育著不同種類的種籽。她的體溫升高之初，只有最細小的花兒能夠破土而出。當體溫來到了一定的溫度，較大的花朵跟著綻放，生命的汁液也開始在樹木中流淌，就像懷有胎兒的女人一樣不斷脹大，最後孕育出新生的枝芽。

當空氣逐漸變得沉重，讓你難以呼吸之時，你知道有事情即將發生了。鳥兒倉皇飛離了山脊，躲進山谷與松樹林中。這時山頂之上烏雲密布，該是跑回家的時候了。

我們可以在小屋的門廊看見山頂轉瞬即逝的閃電，閃亮的光柱隱沒之前，有那麼一兩秒朝著四面八方激射過去。緊隨其後的巨響，急遽猛烈地彷若將天空一分為二——轟隆隆的雷聲劃過山脊，一路貫穿了山谷。有那麼一兩次，我幾乎很肯定天要塌下來了，但爺爺說不會，也對，天是不會塌的。

然後又是一聲巨響——藍色的火球滾過山脊之上的岩石，最後又將藍光往回投射到空中。一陣狂風將群樹吹得東倒西歪，斗大的雨點也自烏雲滴落，見到這景象，你知道狂風暴雨將在下一刻肆虐此處。

有些人笑稱自己對大自然瞭若指掌，聲稱大自然沒有靈魂，我想那些人肯定沒有見過山林中的春日風暴。大地之母孕育春天傾瀉而下的雨水，就如同臨盆的母親緊抓著床單，臉龐流下的滿是喜悅的淚水。

當一棵樹已經被冬日寒風侵蝕地滿目瘡痍、搖搖欲墜，春之神知道該是汰舊換新的時候了，她會以狂風將這棵樹連根拔起，朝山腳下拋去。她呼出的清風會穿過樹叢，宛若手指般一一檢視生長於自己身軀之上的生命，接著彷彿大掃除一般，將脆弱不利生存的所有東西一掃而淨。

若她認為有哪棵樹需要被移除，但強風拔不起那根深蒂固的樹根，這時她就會「砰！」一聲發出一陣重擊，讓閃電光束的猛烈火光去完成這項任務。春之神帶來的不僅是生氣蓬勃的氣象，更是一陣劇烈的痛楚。親眼目睹這些景象，你就會相信我所說的。

爺爺說，春之神正在徹底清掃去年留下的胞衣，如此她所賦予的新生命才能有乾淨的空間成長茁壯。

風暴平息後，嬌小輕盈的翠綠嫩芽開始在樹枝與灌木叢間生長。緊接著，大自然灑下了四月的春雨。水珠們悄悄滴落，讓山谷與小徑上霧氣朦朧，行經樹下之時總能感受到來自枝葉間的水珠的洗禮。

春雨灑落的感覺既美好又興奮——卻也夾帶一絲哀愁。爺爺說他的心情也是同樣悲喜交雜。他說新生命振奮了人們的心緒，卻也讓人如此傷感，因為生命是稍縱即逝的，我們只能眼睜睜望著它隨時間消逝。

四月的微風如嬰兒搖籃一般柔軟溫暖。暖風輕拂過山楂樹，直到上頭的白色花兒盛開，露出中心的一抹粉色嬌顏。它的香氣比忍冬還要甜美，招來成群的蜜蜂嗡嗡嗡爭相吸吮它的花蜜。月桂樹的花兒中心姹紫、花瓣粉白，在山中四處林立，從山谷到山頂都能瞧見它們的身影。狗牙紫羅蘭的黃色花瓣尖細修長，中央花蕊處掛有一排白牙（我覺得看起來很像舌頭）。

日子一天天過去，當四月天攀上最高溫之時，突如其來的氣溫驟降叫人直打哆嗦。接下來四到五天都會如此寒冷。這樣的低溫是為了讓黑莓能夠順利開花，因此也被稱作是「黑莓之冬」。倘若氣溫沒有驟降，黑莓就不會開花了。這正是為什麼有些年沒有黑莓可以採收的緣故。當這短暫的冬日來到尾聲，山茱萸便會像一顆顆雪球般開得滿山遍野，連最意想不到的地方也有它們的蹤影，例如松樹林間或橡樹叢間，你總會突然發現一簇一簇的雪白花兒欣欣向榮。

白人農夫都是在夏末時期採收園中作物，印地安人則是在早春萬物萌發新芽之時採集橡實與堅果。爺爺說若你與山林和平共處，而不是濫伐破壞，那麼大自然就會供給你所需的一切。

不過呢，你必須知道如何正確且聰明地與山林共處。我很擅長採集莓果，因為我可以輕易鑽進莓果田裡，且不須彎腰就能摘到。這項工作從來都不會讓我筋疲力盡。

莓果有分很多種，包括懸鉤子、黑莓、接骨木——爺爺說可以釀出很棒的酒，還有越橘、紅熊果。我覺得紅熊果一點味道也沒有，但有時奶奶做菜會用到它。每次我採收完，籃子裡最多的總是不好吃的紅熊果，至於其他莓果，我一邊採集一邊就吃掉一大半了。

爺爺也都這樣，但他說這樣不等於浪費，因為我們遲早會吃掉這些莓果的。這麼說也對。但是商陸莓不能吃，它是有毒的，吃下它會比被去年的玉米稈毒打還要慘。如果你發現有哪些莓果是鳥兒不吃的，那麼你最好也不要冒險嘗試。

莓果採收的時節，我的牙齒、舌頭跟嘴巴總是深藍色的。我跟爺爺送完貨後，路口小店那邊的一些平地人都覺得我病了。有時候會有新來的平地人為此大驚失色。爺爺說那些人對採摘莓果這項工作毫不了解，我大可不必理會他們。於是我照爺爺說的，對他們的反應視若無睹。

鳥兒們很喜歡躲在櫻桃樹叢間。那時差不多是七月份，陽光將櫻桃照得鮮嫩欲滴的時候。

有時候，在這慵懶的夏日時分，吃完午餐後奶奶會打個盹，我跟爺爺則會坐在後頭的門廊上休息。這時爺爺會說：「我們去山上瞧瞧，看看能找到什麼玩意。」上山後，我們會靠坐在櫻桃樹下乘涼，一邊看著鳥兒追逐嬉戲。

有次我們看到一隻畫眉鳥在樹枝上跳來跳去，搖搖晃晃地朝樹梢移動，好像在走鋼索一樣，結果來到末梢牠一腳踩空，立刻拍翅飛起。還有隻知更鳥似乎遇到了什麼好事，喜孜孜地跳向我和爺爺，最後停在了爺爺的膝蓋上，嘰嘰喳喳地發表牠對整件事的看法。後來牠決定直接用唱的，但那歌聲實在是太刺耳了，連牠自己都不得不閉上嘴巴。最後牠只好悻悻然地鑽進灌木叢裡，我跟爺爺簡直笑翻了。爺爺說他笑到喉嚨都痛了，我也一樣。

我們還看到有隻紅雀，牠吃了太多櫻桃，撐到整隻鳥癱倒在地暈了過去。我們趕緊將牠放到樹的枝芽上頭，以免入夜後被別的動物攻擊。

隔天一早我跟爺爺回到那棵樹查看，發現那傢伙還在呼呼大睡。爺爺一把將牠拍醒，但這似乎是惹怒牠了。牠振翅朝爺爺頭頂發起一陣猛攻，迫使爺爺得揮舞帽子驅趕牠。接著牠飛到溪澗旁，一把將頭泡進溪水裡，一會兒後又抬頭抖掉水珠並嘆了幾口氣，最後牠四處張望，似乎正盤算著要痛扁第一個看到的東西。

爺爺說，那隻紅雀肯定把現在這處境怪在我們頭上，也說牠應該要去搞清楚前因後果才對。爺爺還告訴我，牠以前就見過這隻紅雀了——是隻偷吃櫻桃的慣犯。

每隻來到小屋旁飛舞的鳥兒都象徵著某件事。山民們深信這點。

爺爺知道每種鳥兒代表的預兆。鶯鷦鷯在小屋裡築巢代表好事近了。奶奶在廚房的門板角落鋸了一個方形小洞，讓鶯鷦鷯可以自由飛進飛出，牠在爐子上方的屋簷椽木上築了一個巢。牠待在那兒，牠的另一半會負責帶食物回來。

鶯鷦鷯喜歡待在愛鳥的人們身邊。牠會舒適地待在巢裡，用那雙反射燈光的黑亮小眼珠盯著廚房裡的我們。每次我拉把椅子過去，想站上去瞧得更清楚些，牠都會大驚小怪啾啾叫；但牠從來不會離開牠的窩。

爺爺說牠很喜歡對我亂叫。這樣就能證明牠在這個家裡的地位比我高。

有一種夜鷹叫做「三聲夜鷹」，牠們會在黃昏時分開始歌唱。牠們名字的由來正是根據牠們幾乎不停歇的叫聲：喂－呦－喂[2]。如果你點燈，牠們會朝著小屋越飛越近，最後

2　三聲夜鷹英文為 Whippoorwill，叫聲聽起來像以下英文單詞：whip-poor-will，會重複上百次，幾乎不停歇。

來到你床邊替你唱首搖籃曲。爺爺說牠們是和平夜晚與美夢的象徵。

角鴞會在入夜後叫囂，是個不折不扣的抱怨狂。要牠安靜唯一的方法就是把廚房的門打開，放隻掃把擋在那兒。這方法奶奶試過好幾次了，屢試不爽。角鴞一看到掃把就知道要閉嘴了。

有一種只會在白天啼叫，叫做「喬瑞」的鳥。牠的名稱也是得自牠不停重複的叫聲：喬瑞……喬瑞……如果牠飛到小屋附近，就代表你整個夏天都不會生病。

冠藍鴉來到小屋外頭，則是代表你將會有大量歡樂愉悅的時光。冠藍鴉就跟小丑一樣，負責站在樹梢活蹦亂跳、翻轉扭身，好戲弄其他鳥兒們。

如果紅雀出現，那表示你要發財了。而斑鳩之於山民的意義，不同於牠之於佃農的象徵。若你聽到了斑鳩的啁啾聲，那代表遠方有個人很愛你，斑鳩是來傳遞愛意的使者。

哀鴿會在深夜發出悲傷的鳴叫，但牠們從來不會靠近小屋。這叫聲是來自遙遠的山後，既深長又哀戚的鳥鳴像極了慟哭聲。爺爺說牠確實是在哀弔。他說如果有人死了，但世界卻沒有任何一個人為他服喪落淚，哀鴿就會替那人唱起輓歌，並將他惦記在心裡。爺爺說，如果一個山民死在了異鄉，即便是在大海的另一端，哀鴿仍會以牠的輓歌紀念這個人的一生。他還說了，了解哀鴿所象徵的意義，能讓一個人內心平靜。我彷彿也吃了一顆定心丸。

爺爺告訴我，如果你能夠細數鍾愛之人生前的點點滴滴，那麼哀鴿就不必替那人哀弔了。你將會明瞭，那哀戚的悲歌是替他人而唱，如此聽起來也就不那麼落寞了。深夜時分，每當我躺在床上聽到哀鴿的悲鳴時總會想到媽媽。現在聽起來似乎沒有從前哀傷了。

鳥兒們，就像其他所有生物一樣，能夠知曉你是否喜歡牠們。如果你喜歡，牠們就會接近你。我們的山巒與山谷住有各式各樣成群的鳥兒：知更鳥、啄木鳥、紅翅黑鸝、印地安山雞、草地鷚、雲雀、歐亞鴝、藍雀、蜂鳥和紫崖燕——種類多到數也數不完。

春夏兩季我們不會設陷阱捕獵動物。爺爺說世界上沒有人能夠在忙著交配的同時又為了生活奮鬥。動物們也一樣。爺爺說，即便動物們成功交配了，被我們獵捕後就無法哺育下一代，那麼最後餓死的就是我們自己。所以在這兩個季節，我們都去捕魚。

印地安人狩獵跟捕魚從來都不是因為好玩，而是為了生存必須的食物。爺爺說把狩獵當娛樂簡直是世界上最愚蠢的行為。他說，這樣的殘暴行徑非常有可能是那些政客想出來的，因為戰爭時期他們沒有機會親上戰場殺人，所以就以殺害野生動物來滿足自己的殺戮欲。

爺爺說，那些白癡做事之前都不會先動腦想一想，如果可以查到資料的話，這絕對是政客發明出來的邪門歪道。我覺得很有可能。

我們把柳條編織成三呎長的漁籃。在籃子的開口處，要把柳條的末端削尖往內折，這樣魚兒游進籃子之後，小魚能夠再游出來，大魚就被困住了。奶奶替我們放了些魚餌在籃子裡。

有時候我們會用提琴蠕蟲當作魚餌。只要拿根樹枝插進地面，然後用手不停搓動樹枝就能引出提琴蠕蟲了，或者是也可以用「拉琴」的方式，只要在樹枝上放塊木板，像拉小提琴一樣來回拉動板子，蟲子們就會自己跑出來了。

我們帶著籃子走過狹道來到溪澗旁，接著用繩子將漁籃跟樹木綁在一起，讓籃子可以泡進水裡不被沖走。隔天我們才回來帶走捕到的大魚。

籃子裡通常會有鯰魚和鱸魚……有時候魚會多到把籃子給塞滿，有次我還捕到了一條鱒魚。裡頭偶爾也會有烏龜，把牠跟芥菜葉一起煮來吃真是美味極了。我很喜歡把籃子從溪裡拉起這個工作。

爺爺教我如何徒手抓魚。而這是我五年的人生中第二次遇到生命危險。第一次，想當然就是釀造威士忌時，差點被稅法官員捉到的那回。我非常確定如果被他們抓到，肯定會被帶到市鎮然後被吊死。但是爺爺說不會，他從沒聽說有發生過這樣的事。但事發當時爺爺不在場。他沒有被那群人追得滿山跑。然而這一次，爺爺也差點喪命了。

事發當天正值日正當中的時刻，是最適合徒手捉魚的時間。陽光直射進溪水中，魚兒們都游到岸邊陰涼處小睡片刻。

這時間可以蹲在岸邊，悠哉地將手泡進溪水中觸摸魚兒們的洞穴。找到魚穴的時候，手要慢慢移動直到感受到小魚的觸感。如果你夠有耐心，可以用雙手輕輕撫摸魚兒的身體，牠們會乖乖躺在水裡享受你的按摩。

這時就要抓準時機，一手捉住魚頭、一手捉住魚尾，將整條魚牢牢抓起。這需要點時間慢慢練習。

這一天，爺爺躺在岸邊休息，他已經捉到一條鯰魚了。我找不到魚穴，所以往下游的方向去試試，到了後我蹲在水邊伸手進水裡找魚穴。這時我聽到身旁傳來一陣聲響，一開始像是草叢間的沙沙聲，接著節奏越來越快，最後變成嘈雜的呼呼聲。

我朝聲音的方向看去。是響尾蛇。牠的身體捲成一圈一圈的，腦袋高高抬起準備發動攻擊，距離我的臉不到六英寸。我整個人都僵住了。牠的身體比我的腿還粗，乾燥表皮上的鱗片清晰可見。那響尾蛇看起來非常兇猛，我們就在那兒大眼瞪小眼。牠吐出舌頭——幾乎碰到我的臉——眼珠子瞇成一條縫——裡頭閃著豔紅狠毒的光芒。

牠的尾巴末端甩動得越來越快，呼嘯的聲響也越來越猛烈。然後是牠的頭，那顆腦袋像是V字型，正一前一後輕輕擺動，好像是在盤算應該先撲向我臉的哪個地方。我知道自己要被攻擊了，但身體卻一動也動不了。

突然間一片黑影覆蓋上我跟那條響尾蛇。我完全沒有聽到任何聲響，但我知道是爺爺來救我了。他的聲音一派輕鬆，好像在談論天氣一樣，「別轉頭，不要動，小樹，也不要眨眼睛。」我照做。那蛇的腦袋越抬越高，已經蓄勢待發了。我想牠的頭應該已經抬到最高點了。

然後，就在那麼一瞬間，爺爺的大手擋在我的臉跟蛇的腦袋中間，替我擋住了大蛇的攻擊。那蛇將整條身軀拉得更高了。牠的舌頭嘶嘶作響，尾巴發出了更疾速激烈的擺動聲。倘若爺爺移開他的手掌，或只是稍微縮一下，那蛇就會毫不留情狠狠咬住我的臉。絕對是這樣沒錯。

但是爺爺沒有移動，他的手像岩石般定在原處。我可以看到他手背上的粗大血管，還有逐漸滲出的汗珠，正在他古銅色的肌膚上閃閃發光。這隻手如同雕像一般沒有顫抖、也沒有晃動。

響尾蛇發動攻勢了，血盆大口來得又急又猛。牠像顆子彈一瞬間緊咬住爺爺的手；但這隻手依舊沒有移動。我看見蛇的毒牙像一根根粗大的針扎進爺爺手裡，牠的大嘴幾乎咬住了爺爺半個手掌。

爺爺用另一隻手緊緊捉住蛇的後腦勺，並使勁捏牠。那蛇的身體飛到了半空中，接著一圈一圈纏上爺爺的手臂。牠用尾巴朝爺爺的頭展開一輪猛攻，拚命鞭打爺爺的臉。但爺爺絲毫沒有鬆手，他徒手捏死了那條蛇，直到我聽到骨頭碎裂的聲音，他才將蛇的屍體拋到地上。

爺爺坐下抽出他的長刀，在蛇咬的傷口處劃下幾刀。鮮血開始汩汩流出，一路順著手臂流下去。我爬到爺爺身邊……因為我虛弱到完全走不動。我勉強撐起身子抓住爺爺的肩膀，他拚命用嘴巴吸出傷口裡的鮮血，再把污血吐到地上。我不知道該做些什麼，只好說：「謝謝你，爺爺。」爺爺看著我笑了。他的嘴巴跟臉上都是血。

「真是操他媽的！」爺爺說，「我們解決了那個雜種，不是嗎？」

「是呀。」我回答，感覺好多了。「我們讓那雜種嚐盡了苦頭。」雖然我根本沒有幫上忙。

爺爺的手開始越來越腫脹，接著變成了青黑色。他用長刀割開自己的鹿皮襯衫，受傷的手臂幾乎是另一隻手的兩倍粗。我嚇壞了。

爺爺摘下帽子搧風。「熱死了，」他說，「該死的夏天。」他的表情滿逗趣的，但他的手臂越來越黑了。

「我去叫奶奶來。」我說完立即跑開。爺爺看著我的背影，但目光好像飄到了遙遠的遠方。

「我應該休息一下。」他說，語氣就跟表面毫無漣漪的糖水一樣平靜。「待會兒就跟上。」

我在狹道上狂奔，速度快到幾乎沒有觸及地面。前方的路途一片模糊，我沒有哭，但視線完全被淚水給遮蔽了。我跑上山谷的小徑，胸膛劇烈起伏到幾乎要炸開了。沿著谷中的小徑向下衝，不顧一切涉過溪澗耗盡了我所有氣力，我快不行了，但依舊咬牙撐著快倒下的身軀邁步向前。最後我決定離開小徑，直接穿越灌木叢與荊棘，因為我知道爺爺就快死了。

終於跑上林中空地之時，眼前的小屋看起來彷彿在劇烈晃動。我嘶聲大喊奶奶……但卻一點回應也沒有。我趕緊跑進廚房，正好撞進了她懷裡。奶奶用冷水替我洗把臉，冷靜地看著我問：「發生什麼事了──在哪兒？」我上氣不接下氣地試著解釋來龍去脈。「爺爺快死了……有條響尾蛇……就在溪邊。」奶奶聽了後放開我，我馬上失去力氣癱倒在地。

她抓了一個袋子奪門而出。到現在我都還記得她那天的模樣：長裙、長長的髮辮在後腦勺飛舞、小小的鹿皮靴子在地上狂奔離去。奶奶跑得好快！她一句話也沒說，就連「我的天哪！」這樣的驚呼都沒有喊出口。她只是一個箭步離開小屋，留我一個人跪在廚房門邊大喊：「一定要救爺爺！」從空地到山谷小徑的整段路，奶奶都全力衝刺，一秒都沒有浪費。我扯著嗓子尖叫，淒厲的吼聲在谷中來回晃蕩，「一定要救活他，奶奶！」我想，奶奶是不可能讓爺爺就這麼死去的。

我放出獵犬，讓牠們緊追在奶奶身後，吠叫怒吼的聲響沿著小徑一路向前。我也以我最快的速度跑在牠們後頭。

到了出事地點後，我看到爺爺整個人平躺在那裡。奶奶正撐著他的頭，獵犬們在周圍團團轉，不斷發出抽噎的哀傷叫聲。爺爺雙眼緊閉，幾乎整條手臂都發黑了。

奶奶同樣在他受傷的手掌上劃一刀，用嘴將裡面的污血吸出吐掉。她一看到我就指了指一旁的白樺樹，「把樹皮剝下來，小樹。」

我用爺爺的長刀將樹皮割下。奶奶用這些樹皮生火，樺樹皮就跟紙一樣容易點燃。接著她舀了一桶溪水掛在營火上，自袋中拿出一些植物的葉片、根莖種子放進去熬煮。我不知道那些根莖是什麼，但我知道那葉子是半邊蓮，因為奶奶說爺爺必須靠它來幫助呼吸。

爺爺的胸膛隨著呼吸緩慢沉重地上下起伏。桶子裡的水煮沸後，奶奶起身環顧四周。我什麼也沒看到……但奶奶知道五十碼之外的山邊有一個鵪鶉巢。她解開裙子，裙子下光溜溜的沒有別的衣物。她的雙腿就跟女孩子的腿一樣結實，古銅色肌膚下是勻稱的肌肉。

她把裙子的上緣綁住，將石頭綁在底下裙襬處。接著她像風一樣無聲無息地走到鵪鶉窩旁。說時遲那時快——奶奶精準掌握時機——當那鵪鶉倏地飛離鳥巢，她一把將裙子蓋上捕獲。

她將鵪鶉帶回營火邊，活生生將牠自胸骨到尾巴給剖開，扳開雙腿將牠牢牢壓在爺爺的傷口上。奶奶將不停掙扎的鵪鶉壓在傷口上很長一段時間，拿下之後，鵪鶉的身體內部整個變成了青色。牠把蛇毒全吸出來了。

夜幕逐漸壟罩，奶奶仍努力替爺爺治療。獵犬們在我們身旁圍成一個圓圈，靜靜地看著這一切。入夜後，奶奶要我把營火再燒得旺一些，因為我們不能移動爺爺，但是必須讓他的身子保持暖和。我脫下鹿皮襯衫蓋在爺爺身上，本來也想脫下褲子，但奶奶說不需要，因為我的褲子連爺爺的一條腿都蓋不住。確實如此。

我讓營火持續燃燒。奶奶要我在爺爺的頭部旁邊再生一堆火，於是我仔細照看別讓這兩堆火熄了。奶奶在爺爺身邊躺下，緊緊地挨著他，用自己的體溫確保爺爺不會失溫……

我也跟著躺在他的另一邊；雖然我知道我的身子太小，沒辦法提供足夠的溫度。但奶奶說我幫了大忙。我告訴她，爺爺是絕對不會死的。

我把這起意外的來龍去脈說給奶奶聽，我覺得一切都是我的錯，是我太不小心了。奶奶說這不是誰的錯，甚至也不是那條響尾蛇的錯。她說了，我們不應該為了已經發生的事情而責怪任何人。聽到她這麼說，我的心情有好一點了，只有一點點。

爺爺開始說話了。他變回了那個在群山中奔跑的男孩，喃喃述說起孩提時代的故事。奶奶說他正在夢裡回憶往日時光。整個晚上，爺爺都斷斷續續帶著我們回到他的小時候。就在破曉來臨的前一刻，他的夢話打住了，呼吸開始回歸均勻平緩。我告訴奶奶爺爺正逐漸康復了，我就知道他絕對不會死的。奶奶也這麼認為，爺爺一定會好起來的。而後我們倆一起鑽入爺爺的臂彎中沉沉睡去。

朝陽一升起我就醒了……金色的光芒才剛點亮山頭。爺爺突然坐起身子，他低頭看著我，接著看向奶奶。他大叫道：「我的天哪！邦妮蜜蜂，要不是妳光著身子貼在一旁，我是沒法在這兒躺一個晚上的！」

奶奶笑著輕拍爺爺的臉頰。她起身穿上裙子。我知道爺爺已經沒事了。他剝了響尾蛇的皮後才肯回家。他說奶奶可以用這塊蛇皮替我做條皮帶。之後我真的獲得了一條蛇皮皮帶。

獵犬們在前方帶路，我們一起走下狹道，朝著小屋的方向前進。我想爺爺的腿應該還有點虛弱，所以奶奶緊緊依偎著他，兩人扶著彼此前進。我跟在後頭，心想這絕對是山居的日子中最棒的一天。

雖然爺爺隻字未提他用手替我擋下響尾蛇的攻擊，但我覺得在這個世界上，除了奶奶，爺爺最親的人就是我了，就連鬱悶男孩都排在我後面。

13 谷中的農地

在溪邊躺在爺爺身旁的那個夜晚，我才驚訝地發現原來爺爺也曾經是個小男孩。是的，他也有屬於自己的孩提時代。

那個晚上，他的心靈回到了過去的時光，讓他再當一回無憂無慮的小男孩。一八六七那年爺爺九歲。他在滿山滿谷的陪伴下度過了童年。他的母親是紅翼，一個血統純正的切羅基人，所以他也跟所有切羅基族的少年一樣，恣意在高山低谷中探險。

當時山林的土地被聯邦軍隊以及政客占據。爺爺的父親為了捍衛失去的領土奮力反抗。面對敵人的強勢攻擊……他失敗了，只得躲回深山之中，再也無法返回自己的家園。必要時爺爺會去市鎮辦點事情，畢竟沒有人會注意一個印地安小男孩。

某天四處閒逛之時，爺爺不經意發現了一座小河谷。那是位在兩座高山之間的谷地，谷中雜草叢生，蔓生的灌木叢與藤蔓全糾結在一起。這座河谷已經荒廢許久了，但爺爺相信過去這片土地肯定曾被開墾，因為那裡有樹木被砍伐的痕跡。

谷地的盡頭有一間老舊的屋子，就挨在山腳邊。屋子的門廊已經下陷，煙囪上的磚頭也都掉落了，所以爺爺一開始沒有多加留意。但之後他發現那附近有一些足跡，原來還有人住在那兒。他悄悄靠近，下山躲在灌木叢後偷偷觀察那裡的居民。看來人數不多。

那裡不像一般的白人家，沒有養雞，也沒有乳牛或耕地的騾子，只有一些已經壞掉的農耕器具和一間老舊穀倉。裡頭的居民看起來也跟環境一樣寒酸。

爺爺說裡頭那女人看起來非常虛弱，兩個小孩的狀況更是糟到不行；那兩個小女孩明明還小，面容卻已衰老。她們全身髒兮兮的，頭髮也全打結了，雙腿就跟木棍一樣細瘦。

穀倉裡住有一個老黑人。他的頭頂已經禿了，只剩下周圍的一圈白髮。爺爺覺得他看起來快死了，因為他幾乎已經無法行走，只能佝僂著身子，勉強拖著自己的雙腿。

爺爺準備離開時又看見了另一個人。那是一個身穿破舊灰色制服的男人。他很高大，但只有一條腿。那人走出屋子，殘餘的斷腿上接著一根山胡桃木的細枝充當義肢，就這樣一拐一拐地走著。爺爺看著那位只有一條腿的男人和那女人朝穀倉走去。他們兩人都在身上綁了條皮製轠繩，一開始爺爺不知道這兩人準備要做些什麼，就這樣看著他們走進屋前的山谷中。

老黑人也跟著他們。他在後頭蹣跚吃力地走著，試著要抓穩犁具。他們去到小屋前停下腳步，接著彎腰開始用轠繩拉動犁具。那老男人在後方奮力地設法操作器具。爺爺覺得那三人簡直瘋了，竟然模仿騾子犁田的模樣。但他們就這麼持續下去。他們每一次都只移動幾步的距離——但確實是認真在耕地。那三人就這樣走走停停，不斷地翻動腳下的土地。

但這個過程不怎麼順利。如果那老黑人不小心讓犁具傾斜得太超過，它就會深深插進土裡，前面那兩人就拉不動了，然後他們就只能重複一樣的動作，再一次的又推又拉讓器具回到正確的位置。其實他們翻土翻得不夠深，爺爺覺得他們永遠也無法耕好這片土地。

那個傍晚他們三人還在拚命工作時，爺爺就離開了。隔天早上他又回去那裡偷看，躲到灌木叢後頭時他們已經開始耕地了。但他們耕得範圍實在太小了，輕易就被周圍的雜草覆蓋。爺爺看得正認真時，犁頭不小心勾到樹根，老男人就這樣被拉倒在地了。他費了好大一番功夫才勉強站起身來。就在這時，爺爺看到了聯邦軍隊的士兵。

爺爺趕緊躲到一叢茂密的蕨類植物後頭，眼神依舊緊盯著那群士兵。雖然當時他才九歲，但完全沒有因為這些士兵的出現而驚慌失措，他有印地安人的智慧，可以毫無聲息地躲過那群軍人，他知道該怎麼做。

那兒一共有十二個軍人，每個都坐在馬背上。領頭的是一個衣袖上繡有黃色線條的高大男人，他們全部都停在松樹林之後，跟爺爺一樣看著那三個人犁田。他們才看了一會兒，就騎著馬離開了。

接著爺爺去溪邊捉魚，晚點才又帶著魚回到谷地。那三人還在耕地。但他們肯定是累壞了，幾乎是趴在地上匍匐前進。在那麼一瞬間爺爺的鷹眼瞥到樹林間有一抹黃色的身影一閃而過。那名聯邦軍隊的隊長回來了，他一個人躲在松樹林後偷看那幾個人耕地。爺爺趕緊悄悄踏上回家的路。

那個晚上爺爺忍不住思考起整件事。他覺得那個有黃色線條的士兵肯定心懷不軌，便決定要去警告那幾個住在河谷裡的人。隔天一早，他立即出發前往河谷。

爺爺躲到原先的灌木叢後，但不敢接近那幾個人。他在原地等待，思考著下一步行動。那三人這天依舊操著老舊的工具耕地。最後他決定起身踏上田地，大聲警告那三人後立刻逃跑。但是一切都太遲了，那個黃色線條的聯邦軍官又出現了。

他這次一樣待在松樹林後方，旁邊多了一匹沒人騎乘的馬。那軍官走近一點時，爺爺才看清楚原來那不是馬，而是一頭騾子。他從沒見過狀況如此糟糕的騾子，瘦弱到髖骨跟肋骨都凸出來了，耳朵也垂到了削瘦不堪的臉上，但無論如何，那確實是頭騾子。軍人將牠趕向前，走到林子邊緣的時候，狠狠抽了牠一下，騾子一吃痛便往田地裡跑去了。軍人則騎著自己的馬退回到樹林裡。

耕地的三人中，第一個看見騾子的是那女人。她扯下身上的韁繩，怔怔地望著跑過田地的騾子。她大喊：「老天保佑！是騾子！上帝送了我們一頭騾子！」她拔腿追上那騾子，跟著牠一路穿過灌木叢。老男人也吃力地邁開腳步，跌跌撞撞向前跑，試圖捉住那頭騾子。

牠直直朝著爺爺躲藏的地方跑去。待牠一靠近，爺爺驚慌地跳起，拚命揮舞雙手要牠轉向，最後騾子掉頭，再次穿過田地往原先的樹叢裡鑽去。那軍官還在林子裡打轉，見騾子又跑回來，立刻又將牠嚇跑趕回田裡去。那女人和老黑人都沒有注意到爺爺和軍官，因為他們把所有的專注力都放在騾子身上。

獨腿男也試著要一起追趕騾子，他的胡桃木義肢一拐一拐地插進土裡，才往前幾步就整個人跌在地上。兩個小女孩也衝了出來，大吼著跑過荊棘，設法半路攔截那頭奔跑的騾子。

老騾子被一堆人追趕到頭昏眼花，又掉頭穿過那群人往回跑。女人手一伸抓住了牠的尾巴，整個人被騾子拖在地上滑行，但她絲毫沒有鬆手，就這樣被一路拖進了灌木叢中，衣服都被扯破了。老男人使出渾身解數用力一蹬，抱住了騾子的脖子，像個破娃娃一樣掛在上頭搖來晃去。但他不願鬆手，彷彿手一放開他就會死掉似的。最後老騾子投降了，停下腳步立在原地。

獨腿男和兩個小女孩趕過來，男人將一條皮帶套上騾子的頭，他們所有人都繞著騾子打轉，一下輕拍一下揉揉牠，彷彿牠是世界上最棒的騾子。爺爺覺得，那頭騾子好像開始對現況感到滿意了。

那群人圍著騾子跪下，頭貼在地上禱告了好一會兒。

禱告結束後，爺爺看到他們將騾子與犁具拴在一起。他們一個接一個操縱犁具耕地，就連小女孩們也不例外。爺爺躲在灌木叢後偷看，一邊也持續觀察那個躲在樹林裡偷看的軍官。

來到河谷偷看那群人耕地已變成爺爺的例行公事。他很想知道耕地的結果究竟會如何。才過了三天，那些人就成功耕好四分之一的田地了。

第四天早上，爺爺看到那軍官在田地的邊緣放了一個白色麻袋。獨腿男也看到了。他微微舉起手致意，似乎是不確定該不該這麼做。軍官也朝獨腿男揮了揮手，然後就騎著馬往樹林裡去了。袋子裡裝的是玉米種子。

隔天爺爺又去了河谷，這次他看到那軍官在小屋前下馬，正在跟獨腿男還有老黑人交談。爺爺偷偷靠近好聽清楚他們在講些什麼。

他們談了一會兒，那軍官便拉著騾子開始犁田。他把韁繩緊緊套在騾子頸上，爺爺看得出來那軍官對耕地這事很在行。每隔一小段時間，他就會要騾子停下腳步，蹲下抓一把新翻出的泥土聞一聞。有時候他甚至會嚐一口。然後他會將手中的泥土搓掉，起身繼續耕地。

原來那軍官是名中士，從前在伊利諾州務農。通常他都是在太陽快下山時才來耕田，因為這時他才有機會溜出軍營。不過他幾乎每天都會來幫忙。

有天傍晚他還帶了一個身材削瘦的士兵過來。他看起來非常年輕，不像是從軍的，但他確實是軍人。在這之後他每天都會跟中士一起過來。他還帶來了幾株幼苗，那些是蘋果樹的樹苗。

他把樹苗種在田地的外圍，每一棵他都會花一個鐘頭仔細地栽種灌溉。他會輕拍整理樹苗周圍的泥土、修剪多出來的枝葉、在樹苗邊架設支架幫助枝葉生長，最後起身好好地欣賞這株細小的幼苗，好像他從未見過蘋果樹一樣。

那兩個小女孩會來幫他一起栽種蘋果樹，不到一個月田地的外圍就栽滿一圈蘋果樹苗了。原來這位士兵來自紐約，過去的職業就是種植蘋果。在他種植所有幼苗的同時，其他人在山谷裡種滿了玉米。

那日天黑後，爺爺在小屋門前放了十二條鯰魚。隔天傍晚，他們在院子的其中一棵樹下享用著鯰魚晚餐。他們吃到一半的時候，有幾次那中士或者那女人會起身朝著山林揮手，邀請爺爺一同品嚐。他們知道這些魚是來自一名印地安人，但卻從未見過爺爺，他們只是隨意朝向山巒揮手而已。他們不是印地安人，不懂得如何分辨出山林間那抹不一樣的色彩。爺爺從未加入他們。但那之後他又帶了更多魚。他會把魚掛在院子附近的一棵樹上，因為他完全不敢再次靠近那間小屋。

爺爺說他之所以送魚過去，是因為那些人不是印地安人，他們大概不知道在農作物收成以前自己可能會先餓死。而且呢，雖然爺爺對耕地沒什麼興趣，也沒打算下田，但他可不想被那兩個軍人比下去。

每天黃昏，那個瘦弱的士兵和小女孩都會一起自井裡汲水。他們提著桶子，一路搖搖晃晃潑濺了一地的水，回到蘋果樹旁灌溉它們。同時間，其他人則在田地裡鋤草，讓作物有更好的生長空間。爺爺還發現那位中士鋤起草來就跟他耕地時一樣狂熱。穀物們長得一天比一天高，顏色漸漸轉向深綠，證明了這些都是非常優質的作物。蘋果樹也都長滿了翠綠色的枝葉。

夏天到來，白晝時間拉長，黃昏越來越晚報到。中士和那位士兵回去兵營之前有兩三個小時可以工作。

暮色漸臨，氣溫開始下降，三聲夜鷹放聲高歌之時，他們會在田地邊站成一排，放眼眺望整片作物。中士會抽他的煙斗、女孩們緊緊靠在瘦弱士兵身旁。士兵的雙手因為栽種蘋果樹隨時都覆有一層泥土，因為他不放心用鋤頭打理那些小樹們。

中士會拿著煙斗說「真是一片肥沃的土地」並凝望著大地，彷彿要是可以的話，他真想一口將這片田地吞下。

「是啊，」獨腿男附和地說，「真是片沃土。」

「這是我種過最棒的玉米。」老黑人會這麼說。他每個傍晚都會說這句話。爺爺說他悄悄靠近一點偷看，但那群人依舊只是站著凝望大地……每天都重複著相同的話語，彷彿這片田地是大自然的奇蹟，他們必須要目不轉睛地見證這一切。瘦弱士兵總是說，「一年後——蘋果樹開始開花的時候——到時的美景一定是你們未曾見過的。」小女孩們聽了咯咯笑，笑容讓她們的面貌看起來年輕了一些。

中士會用他的煙斗指向前方，「到了明年，你們就會想開墾山邊的那片灌木叢了。那裡差不多可以種植三到四英畝的玉米。」

爺爺看得出來，這座小河谷已經被開發得差不多了。那些人已經做了他們所能做的一切。他開始對這整件事情失去興趣了。但是不久後監管的人員就來了。

他們在某天傍晚騎馬而來，當時太陽仍高高掛在空中，共有十二個人浩浩蕩蕩地抵達。他們身穿嶄新的制服、配有先進的槍枝，代表政客到這裡宣布最新頒發的法令，以及提高稅收的政策。

他們騎往小屋的院落，在那兒挖了一個洞，插了一面紅色旗幟在洞裡。爺爺知道這面旗幟代表著什麼意思。他在市鎮經常見到。那代表的是有政客想要徵收這片土地，所以他們提高稅金到土地主人無法負擔的程度。接著他們就插上這面紅旗，強行占有這片地產。

獨腿男、女人、老黑人和小女孩們，在監管者抵達之時全都拿著鋤頭站在田地中。他們排排站在那兒。爺爺看到獨腿男扔下他的鋤頭走進屋內，下一刻，他便手持一把老舊滑膛槍再度出現，並將槍口對準監管者。

中士騎著馬出現。這次那位瘦弱士兵沒有一起來。中士下馬站在監管者和獨腿男中間。就在這刻，監管者開槍了，中士向後踉蹌一步，臉上盡是驚愕與受傷的神情。他的帽子掉落，整個人也倒地不起。

獨腿男憤而開槍射擊其中一名監管者，場面變得一發不可收拾，所有馬背上的官員紛紛開火反擊。獨腿男被擊中，死在了門廊上。女人和女孩們一邊尖叫一邊跑向他身旁。她們試圖撐起他的身子，但爺爺知道他已經死了，因為他的脖子已經徹底癱軟在地了。

爺爺看到那個老黑人舉起鋤頭衝向那群官人，但在兩三聲槍響後他也跟著倒地，死在了自己的鋤頭握把之上。那些監管者就這麼頭也不回地走了。

爺爺趕緊跑回小徑上，因為他知道那些人肯定會在周圍徘徊巡視，以確保沒有人看見事發經過。他告訴曾祖父這一切，害怕會有麻煩找上門來，但幸好那些官人沒有發現他。

爺爺之後去到市鎮，才知道這件事是如何落幕的。那些政客聲稱這是一場叛亂，因此有必要重新選舉出新的官員來處理這類事情，且還需要更多經費來應付這樣的暴動。市民們紛紛表示同意，全力支持政客的主張。那些政客們就這麼輕易達到目的了。

最後是個有錢人掌管了那座河谷。爺爺一直都不知道那女人和小女孩們後來怎麼樣了。有錢人僱了佃農。那片土地的狀況和天氣都和往常沒有兩樣，但是光靠那些蘋果樹是沒法賺錢的，所以他們把所有蘋果樹都連根拔起了。

有消息說，那位來自紐約的瘦弱士兵逃出軍隊了。有人說他真是個懦夫，跟著動亂一起背叛了軍隊。

爺爺說，那名中士和他的遺物被送回了伊利諾州。他說當人們替他整理儀容時，發現他的其中一隻手緊緊握拳。人們試圖鬆開他的拳頭，最後還不得不動用工具來撬開。然而，自手中滑落的僅是一團黑色的土壤，別無他物。

14 來山上睡一晚

我跟爺爺都是遵循印地安人的思考模式。之後會有人告訴我這麼做太過天真了，但是我知道，我還記得爺爺對那些「字詞」的看法。其實「天真」沒什麼不好，甚至是個挺不錯的形容詞。爺爺說抱持著這樣的思維，就可以助自己度過許多難關……事實的確如此；先前有兩個大城市的人來到我們的山林，恰好印證了這個理論。

爺爺有一半蘇格蘭血統，但骨子裡是個不折不扣的印地安人。有許多人也是如此，例如偉大的紅鷹、比爾．韋瑟福德、麥金佛雷大帝以及麥金托什先生。他們仿效印地安人，毫無保留地將自己奉獻給大自然，與自然萬物相依相伴，而非妄想征服、破壞這片土地。他們熱愛這樣的思想，讓印地安式的思維在他們心中成長壯大，如此才得以避免與白人們落入同樣的思想模式。

爺爺告訴我說，印地安人會把待交易的貨物帶到白人面前，如果白人那裡沒有他想要的東西，那麼就會直接拿回貨物離開。那些白人不懂這個動作的意思，所以稱之為「印地安式贈予」，也就是送東西給別人，後來又要回去的意思。但事實當然不是如此。如果印地安人要送禮給別人，並不會大肆宣揚，而是會默默放下東西，等你自己去發現。

爺爺說印地安人掌心向上代表的是「和平」，告知他人自己沒有武器。爺爺認為這樣的手勢很合邏輯，但其他人卻把這當成一個很可笑的動作。爺爺告訴我，白人會用握手來表達同樣的意思，因為用講得實在是太拐彎抹角了，直接搖搖聲稱是朋友的人的手看有沒有武器掉出來比較快。爺爺一點也不喜歡這種行為，既然都表明是朋友了，何必要再握手試探對方呢。這代表你一點也不信任別人。我覺得這聽起來非常合理。

而人們看到印地安人總會大聲問候「今天如何！」並且伴隨著幾聲大笑。爺爺說這習慣在幾百年前就存在了。他說每當印地安人遇到白人，白人就會連珠砲似的問你覺得「如何」？你的親戚朋友們「如何」？你過得「如何」？你那邊狩獵狀況「如何」？等等一大堆關於「如何」的問候。爺爺說印地安人深信白人最感興趣的話題就是事情「如何」；所以說，為了要表現出禮貌得體，他遇到白人時應該也要問問對方「如何」，讓對方那雜種盡情談論如何如何的一大堆話題。不過爺爺也說，人們都會嘲笑印地安人這種體貼有禮的行為。

這天我們帶著貨物到十字路口的小店，喬金斯先生說有兩個大城市的人來過了。那兩人是查塔努加來的，開了一輛長型的黑色轎車。喬金斯先生說他們想跟爺爺談談。

爺爺自帽簷底下看著喬金斯先生。「稅務局的？」

「不是，」喬金斯先生回答，「不是政府官員。他們說是威士忌酒商，聽說你的釀造技術很厲害，所以希望你能去他們的大蒸餾場，替他們工作可以賺到不少錢。」

爺爺聽了後什麼也沒說。他替奶奶買了些咖啡和糖。我替喬金斯先生拿柴火，獲得了我的即期品拐杖糖。喬金斯先生急著想知道爺爺的答覆，但他太了解爺爺了，知道問了也是白問。

「他們說之後會再來一趟。」喬金斯先生說。

爺爺還買了一些乳酪……真是太棒了，因為我很喜歡乳酪。我們走出店外，直接就踏上了回家的路，一刻也沒有多留。爺爺走得很快，我完全來不及停下來摘莓果跟品嚐我的拐杖糖，只能拚命拖著袋子跟上他的腳步。

回到家後，爺爺告訴奶奶有關那兩個查塔努加人的事。他說：「你待在家裡，小樹。我去多放些樹枝把蒸餾器遮好。如果他們來了，就立刻來通知我。」說完他立刻動身前往山上。

我坐在門廊前守候。幾乎是爺爺才剛離開視線，那兩人就出現了，我趕緊去告訴奶奶。她站在狗廊上，我們一起看著那兩個人踏上小徑，走過獨木橋朝小屋而來。

他們的穿著跟政客一樣講究。體型肥大的那人穿著紫色的西裝搭配白領帶。另一個瘦子穿著白西裝，裡頭是黑得發亮的襯衫。他們頭上都戴著城市人才有的帽子，是用上好的稻草編織而成的。

他們直直走向前廊，在臺階前停下腳步。肥胖的那個人汗流浹背。她看著奶奶說：「我們想見那位老男人。」我覺得他應該是生病了，因為他的呼吸非常急促，眼睛瞇成一條幾乎看不見的細縫，藏在一層層肥肉後面。

奶奶沒有作聲。我也是。肥胖男轉向瘦子男說：「欸，史力克，看來這印地安老女人不懂英語。」

史力克先生回頭看了看，雖然他身後什麼都沒有。他用尖銳的嗓門說：「別管這個老女人了，我不喜歡這地方。瓊克，這裡未免也太偏僻了。我們趕快離開吧。」史力克先生留有一點鬍子。

「閉嘴啦。」瓊克先生說。他推了推他的帽子，可以看到他是個光頭。他轉頭看向坐在椅子上的我。

「這男孩看起來是純正的白人，」他說。「搞不好他聽得懂英語。你會講英語嗎，小男孩？」

「我覺得我會。」我回答。

瓊克先生看向史力克先生。「你聽，他說『他覺得他會』耶。」兩個人就這樣哈哈大笑起來。我看見奶奶向後移動放出鬱悶男孩。牠立刻拔腿狂奔去找爺爺。

瓊克先生又開口了：「小男孩，你爸爸呢？」我告訴他說我不記得爸爸了，現在跟爺爺奶奶住一起。瓊克先生想知道爺爺去哪了，我指了指背後通往山上的小徑。然後他從錢包裡掏出一塊美金作勢給我。「帶我們去找你爺爺，這一塊錢就是你的了喔。」

他的手指上有好幾枚大戒指。我立刻就知道他非常富有，有的不僅僅是這一塊錢。我接下錢收進口袋裡。我的算術能力很不錯，我知道就算跟爺爺平分這一塊錢，我也能夠賺回被基督徒騙走的那五十美分。

我覺得這整件事情真是太美好了，興奮地帶領那兩人走上小徑。但走到半路我就不禁開始思考，絕對不能帶他們到蒸餾場。所以我往高處的小徑走去。

走上小徑後，一股罪惡感襲滿全身，而我完全不知道接下來該如何是好。瓊克先生和史力克先生倒是興致高昂。他們脫下外套走在我身後遠處，分別有一把槍插在腰際的皮帶裡。史力克先生問道：「你不記得你爸爸啦？啊？小朋友？」我停下腳步回答他說我完全沒有印象了。他又接著說：「這麼看來你是私生子囉？是嗎？」我說應該是吧，雖然我還沒學到字典裡B開頭的單字，不知道私生子是什麼意思。他們一聽我這麼說，笑到都咳嗽了。我也笑了。他們真是快樂的人。

「哇，有好多動物耶。」瓊克先生突然驚呼。我告訴他們山林裡有非常多種動物，山貓、山豬等等，有次我跟爺爺還看到一頭黑熊。

史力克先生想知道最近我們還有沒有見到那頭熊。我說沒有，不過倒是有看到牠的蹤跡。我指向旁邊一棵留有熊爪抓痕的白楊樹。「那邊就有。」我說道。瓊克先生立刻像是被蛇攻擊一樣跳到路邊，不小心把史力克先生給撞倒了。史力克先生氣壞了。「去你的，瓊克，你差點害我跌下山！要是我掉下去……」他邊說手一邊指著底下。瓊克先生和他都傾身看了看下方的山谷，山澗在我們下方遠處，細小到幾乎看不見。

「我的天哪，」瓊克先生驚呼，「這裡是多高啊？天殺的，要是從這裡掉下去，不摔斷脖子才怪。」我告訴他我也不知道這裡有多高，但我想肯定是非常高；我從來沒有思考過這個問題。

隨著我們越爬越高，他們兩人咳嗽的次數也更頻繁，且離我越來越遠了。有次我往回走去找他們，發現他們正癱坐在一顆白橡樹下休息。這棵白橡樹的根部周圍爬滿一條條有毒的常春藤。那兩人正好就坐在那團糾結的藤蔓中間。

有毒性的常春藤翠綠又漂亮，但最好是不要躺在上面。它會扎傷你全身，疼痛將會持續至少數個月。但我沒有警告他們，因為他們都已經在那上頭了，我講出來他們肯定會嚇壞。他們現在的狀態已經很糟了。

史力克先生抬頭問：「聽好了，你這個小私生子，我們是還要走多遠？」瓊克先生沒有任何動作。他閉著眼睛躺在那叢有毒的藤蔓上。我說我們就快到了。

其實一路上我都在思考。我知道奶奶會跟爺爺說我在山上，他馬上就會來找我。這麼一來我們一抵達山頂後，就可以讓史力克先生和瓊克先生一起坐下等待；爺爺很快就來了。一定會的。我覺得這個辦法應該可行，我順利帶他們找到爺爺，一塊錢就是我的了。

我踏上道路。史力克先生將瓊克先生從常春藤堆裡拉起，兩人一起蹣跚地跟在我身後。他們兩人都把外套留在原地，打算下山時再順便來拿。

我比他們早先很多抵達山頂。這條向上延伸的小徑是眾多分支的其中一條。老切羅基人的道路都是沿著山脊蜿蜒而行的，其中有條岔路是通往山脈的另一側，抵達山腳之前一路又會有好幾條岔路。爺爺說這些在山裡彎來繞去的小路全部加起來可能有一百英里那麼長。

我在岔路邊的灌木叢前坐下；山頂這兒有條溪流潺潺而過，另一條則向山的另一面流去。我就坐在這裡等史力克先生跟瓊克先生，然後再一起等爺爺到來。

他們花了好長一段時間才終於到達山頂，瓊克先生的手臂搭在史力克先生的肩上。他的腿好像受傷了，因為他步履蹣跚，走得相當吃力。

瓊克先生罵史力克先生是個私生子，我聽了相當驚訝，但史力克先生自己卻一句話也沒有說。瓊克先生又說了，都是史力克先生想出僱用山裡鄉巴佬替他們工作這個餿主意。史力克先生立刻反駁說是瓊克先生說要僱用印地安人的，說完後還罵他是個雜種。

他們實在吵得太激烈了，完全沒發現我坐在眼前，就這麼走了過去。我完全找不到時機請他們坐下一起等爺爺，因為爺爺說別人在講話時不能插嘴。他們兩人就這樣一路走向山脈的另一側。我只能坐在這兒看著他們的背影慢慢消失在樹林中，一路往山間的峽谷走去。我想我最好還是待在這裡等爺爺過來。

才過了一下子，鬱悶男孩就出現了。我看見牠一路嗅聞我走過的足跡，一看到我後牠便開心的尾巴直搖。又過了一會兒傳來了三聲夜鷹的鳴叫。這聽起來確實是三聲夜鷹的叫聲……但還沒有黃昏啊，我知道了，是爺爺在模仿牠。我立刻也用相同的叫聲回應，似乎模仿得還不錯。

我看到爺爺的影子在傍晚斜陽的照射下穿過樹林。他沒有走在小徑上，如果他不想讓任何人發現，那麼就算是一丁點的腳步聲你也不會聽見。下一秒他突然就出現了，看到爺爺感覺真好。

我告訴爺爺史力克先生和瓊克先生走往另一邊去了，我也轉達了所有他們講過的話。爺爺聽了後只是悶哼了一聲，一句話也沒說，但我發現他的眼睛似乎瞇成了一條線。

奶奶送來了一個裝滿食物的袋子，我跟爺爺靠著雪松木吃了起來。在高山新鮮的空氣中吃著玉米餅和鯰魚，味道真是棒極了。我們吃光了袋子裡所有的食物。

我給爺爺看那一塊錢，如果我完成史力克先生交代的事情，這錢應該就是我的了。我跟爺爺說等我們有了零錢，就可以平分了。他說我已經成功達成任務了，我確實有帶他們上山來找爺爺，所以我可以獨享這塊錢。

我還跟爺爺說了喬金斯先生店裡那個紅綠相間的盒子的事。我覺得一塊錢應該足夠買下，爺爺也這麼認為。突然間我們聽到遠方傳來一聲吼叫，是從峽谷那兒傳來的。我們徹底忘了瓊克先生和史力克先生的存在了。

暮色逐漸籠罩了天空。三聲夜鷹和雀鳥開始在山邊大聲歌唱。爺爺站起身雙手圈著嘴巴大喊：「喔喔喔——耶耶耶——！」這聲呼喊穿過群山，接著又折了回來，聲音宏亮清晰到彷彿對面的山上也有個爺爺在大喊；而後聲音傳到了峽谷和山谷中，越來越小、越來越小，漸漸地就聽不到了。我幾乎聽不出來聲音的起點在哪。回音消失後，緊接著峽谷處傳來三聲槍響，劃破天際的巨響一路向遠方傳了出去。

「手槍，」爺爺說，「他們扣板機來回應我們。」

他再一次大喊。「喔喔喔——耶耶耶——！」我也有樣學樣。我們兩人的喊聲在山林裡迴盪地比上一次更猛烈。而對方依然用三聲槍響回應我們。

我跟爺爺就這樣不停吼叫。聽著回音來來去去真是有趣。每次我們一喊聲，緊接而來的就是子彈劃破空氣的聲響，直到最後一次，周圍除了我們的回音外一片靜寂。

「他們用光子彈了。」爺爺說。天色完全暗了。他邊打了個呵欠邊伸懶腰。「我們不必在今晚下去找他們，小樹，別管他們了，他們不會有事的，明天再去吧。」正合我意。

我跟爺爺在雪松木下鋪了些樹枝充當床。如果你在春天或夏天在山上過夜，最好是睡在樹枝上頭。要是直接睡在地上，紅蝽蟲會爬滿你全身，啃咬到你渾身發癢。紅蝽蟲非常小，肉眼幾乎看不到。牠們會成千上萬地爬滿葉片和樹枝，也會爬到你身上各處，在你身上留下數不清的又紅又痛的腫塊。有幾年牠們特別猖狂，簡直是紅蝽蟲災害年。除此之外，也要留意木蝨的出現。

我跟爺爺，還有鬱悶男孩都蜷縮在樹枝上。鬱悶男孩緊緊靠在我身旁，厚實的毛髮真是溫暖極了。樹枝躺起來柔軟又有彈性，我忍不住打了個呵欠。

我和爺爺雙手交握枕在後腦勺下，凝望著月亮升空。今天的滿月散發出飽滿的黃光，緩緩爬上了遠山的山巔之上，爺爺說，身在一百英里之外的我們也能欣賞這幅美景，全都要感謝月光的幫忙，在它銀白色的光芒下，山巒一波波的起伏清晰可見，在山谷中投射了深紫色的暗影。在我們之下的遠方，霧氣像條白蛇一般沿著山邊蜿蜒前進。有一小團霧氣自山的盡頭緩緩飄出，像是一艘甫出港的銀色小船，與另一艘船交會後合而為一，轉往山谷深處駛去。爺爺說霧氣像是有生命的物體。我也這麼覺得。

身旁榆木上有知更鳥在高歌。身後遠方的山脈，則有兩隻山貓在叫春。牠們簡直像發瘋一樣放聲尖叫，爺爺說，交配的感覺實在太美妙了，牠們才會這樣忘我地大叫。

我跟爺爺說真希望每晚都在山頂過夜。他說他也很想。有隻角鴞在我們下方鳴叫，還伴隨著幾聲怒吼和尖叫。爺爺說那是瓊克先生和史力克先生在鬼叫，要是他們再不好好安頓下來，整座山林裡的鳥類和動物都會被他們吵醒。我望著朦朧的月色，漸漸擋不住睡意。

才剛破曉我們就醒來了。山頂上的清晨光景無可匹敵。我和爺爺，當然還有鬱悶男孩，一同凝望著這壯麗的風景。這時的天空是淺灰色，鳥兒們也準備迎接嶄新的一天，在樹叢間吱吱喳喳興奮地啁啾。

一百英里之外的多座山頭像是一座座小島，自薄霧之中探出頭來，漂浮在我們腳下。爺爺指向東方說，「看！」

最遠的那座山的輪廓之上，像是世界的盡頭，粉紅色的曙光朝向四面八方投射出去，彷彿是一枝畫筆揮灑過了整片日空。晨風微微拂過我們臉龐，我跟爺爺都知道大自然的色彩和山林間的生命都要甦醒了。繽紛的色彩在天空中大筆一揮——紅、黃、藍色，像極了一條條彩帶。山巒的輪廓像是著火了一般閃爍著亮眼的光芒；金色的光芒讓樹木們褪去深夜的黑影，換上翠綠的外衣。霧氣成了一片粉紅色的汪洋，退回到了山腳處。

陽光直直照向我和爺爺的臉。爺爺說，這個世界又再次重生了。他摘下帽子，我們一起凝神望著這一切。我立刻就知道，我跟爺爺絕對會再次登上山頂，再次感受這晨曦降臨的神聖時刻。

陽光灑滿了整片山林，悠哉地漂浮在高空，爺爺一邊嘆息一邊伸展。「好了，」他說，「我們還有工作要做呢。我想想，」他搔了搔頭後又說一次，「我想想，你下山回去告訴奶奶我們還得待在山上一陣子。請她準備些我們的食物放在紙袋裡，另外也替那兩個城市人弄些吃的，放在麻袋裡。記住了嗎？紙袋跟麻袋喔。」我記住了，立刻動身下山。

爺爺突然又叫住我。「還有啊，小樹，」他說，不知為何咧嘴笑了，「在奶奶準備那兩人食物的時候，把你記得的，那兩個人說過的話告訴她。」我回答沒問題，就轉身往木屋的方向去了。鬱悶男孩跟我一起回去。我聽到身後的爺爺開始呼喚瓊克先生和史力克先生，「歐歐歐耶耶耶——！」如果是其他時間，我會想一起待在那裡大叫，但是在清晨時分跑下小徑，這感覺似乎更好。

早晨正是萬物開始活動的時刻。我看到兩頭浣熊爬上一棵核桃樹。牠們倆俯視著我，在我經過時竊竊私語。松鼠們一邊跑過小徑一邊喋喋不休，我經過時牠們就坐在路邊對著我吱吱叫。小徑的兩旁有許多鳥兒追逐嬉戲，其中有隻知更鳥跟著我和鬱悶男孩飛了好大一段路，一路上都在我的頭上盤旋，似乎是想跟我玩耍。知更鳥只會跟喜歡牠們的人嬉鬧。我很喜歡牠們。

抵達小屋前的空地時，奶奶正坐在後頭的門廊等我。她知道我會回來，我想應該是鳥兒們告訴她的，但是我懷疑奶奶可以聞到任何靠近小屋的人的氣味，因為每次有人出現，她都完全不驚訝。

我告訴她爺爺交代的東西，紙袋裝我和爺爺的食物，麻袋裝城市人的食物。奶奶立刻著手料理。

她先準備了我和爺爺的食物。當她正在替瓊克先生和史力克先生煎魚的時候，我想起來要告訴她那兩人說過的話。講到一半時，奶奶突然將平底鍋從火爐上拿開，換成一個裝滿水的鍋子，然後把魚扔進鍋裡去。我想她應該是改變心意了，決定用煮的就好。我第一次看到她把草根粉當做調味料，一起灑進鍋裡熬煮。他們的魚在鍋裡不斷翻騰。

我告訴奶奶，瓊克先生和史力克先生都很開心。一開始我以為我們大笑是因為我是個私生子，結果原來是因為史力克先生自己也是個私生子。我聽到瓊克先生這麼叫他。

奶奶又往鍋裡灑了更多草根粉。我告訴她一塊美金的事情——爺爺說我有完成任務，可以收下。奶奶也說我可以留著這塊錢。她替我把錢收進密封罐裡。我完全沒有提到紅綠相間的糖果盒。我知道我不會再被基督徒騙了，但還是不要冒險比較好。

魚在鍋裡熬煮了很久，濃密的蒸氣不斷冒出。奶奶的臉上滿是淚水，還不停擤鼻子。她說是蒸氣太濃了，被燻得受不了。她把魚撈出後裝進要給那兩人的麻袋，而後我扛著兩個袋子再次出發往山頂去。奶奶讓所有獵犬都跟我一起上去。

爬上山頂後，卻不見爺爺的蹤影。我吹了聲口哨呼喚他，他的回應從底下半山腰處傳來。

我朝聲音的來源走過去，經過一條狹窄、被濃密樹木覆蓋的小徑。爺爺說他已經叫瓊克先生和史力克先生離開峽谷了。他們兩人不斷回應爺爺的呼喚，應該很快就會出現了。爺爺把裝有魚的麻袋掛在樹枝上，他們一走上小徑就能看到。我和爺爺則回頭往上爬，坐在一叢柿子樹下享用我們的午餐。這時差不多是日正當中的時候。

爺爺命令獵犬們躺下後，我們才吃起玉米麵包和魚排。爺爺說他費了好大一番功夫才讓那兩人搞懂究竟聲音是來自哪個方向，到底該往哪處移動。說著說著他們出現了。

要不是我很清楚那兩人的長相，現在肯定認不出來。他們的襯衫都破了，手臂和臉布滿割傷和抓痕。爺爺說看樣子他們掉進荊棘裡了，但臉上那些又大又紅的腫塊不知道是怎麼搞的。我什麼也沒說——畢竟不關我的事——但我想那一定是躺在有毒常春藤上的緣故。瓊克先生掉了一隻鞋子。他們腳步極為緩慢地爬上道路，一副垂頭喪氣的模樣。

他們一看到掛在樹枝上的麻袋，立刻解下來坐在地上大快朵頤。他們吃光了奶奶煮的魚，還不停爭論到底是誰吃得比較多。我和爺爺聽得一清二楚。

他們填飽肚子後倒頭就睡。我以為爺爺會去把他們叫醒，但他沒有任何動作。我們就只是坐在那裡看著那兩人。過了一會兒，爺爺說讓他們多休息一下比較好。但沒多久他們就醒了。

瓊克先生突然起身，抱著肚子跳上跳下。他衝進路邊的灌木叢中脫下褲子，蹲在那裡大聲哀號：「喔！該死！我拉到要虛脫了！」史力克先生也是一樣，大聲嚷嚷著衝到草叢裡。他們又是哀號又是咒罵又是在地上打滾。又過了一下子，兩個人相繼爬出草叢，再次癱倒在小徑上。但這次一樣沒有躺多久就又跳起來重複相同的動作。他們喊叫得有夠大聲，獵犬們也跟著興奮地汪汪叫，爺爺立刻叫牠們住嘴。

我告訴爺爺他們之前躺在有毒的常春藤上，是不是因為這樣所以才拉肚子。爺爺說很有可能。而且，我還看到那兩人用有毒的常春藤葉片擦屁股。爺爺說那麼非常有可能是常春藤害的。有一次，史力克先生衝進灌木叢裡，但還沒來得及脫褲子就憋不住了，這之後一堆蒼蠅就圍在他身邊團團轉。他們就這樣來來回回折騰了將近一個小時，才得以躺在路邊好好休息。爺爺說，搞不好是他們吃下肚的食物在折磨他們。

爺爺踏上小徑朝他們吹口哨。那兩人立刻抬頭看向我們。他們應該是在看我們沒錯，不過兩人的眼睛都腫脹地幾乎看不見。他們不約而同開始大叫。

「等一下。」瓊克先生大叫。史力克先生則尖叫道：「拜託等一下，先生——看在上帝的份上！」他們站起身來爭先恐後向上跑，我跟爺爺則走回山頂。我們回頭一看，發現他們正一拐一拐地跟在身後。

爺爺說反正他們知道要怎麼下山，沿著路走就行了，我們可以直接回家了。所以我們馬上朝著小屋前進。

回到家時已近傍晚。我們跟奶奶一起坐在後門的門廊上休息，一邊等瓊克先生和史力克先生回來。過了整整兩個鐘頭，天色都已經暗了，他們兩人才出現在屋前的空地。瓊克先生剩下的那隻鞋也掉了，且幾乎是跛著腳在走路。

他們繞著小屋兜了一大圈，我很驚訝，因為我以為他們是來找爺爺的，但似乎是改變心意了。我問爺爺可不可以留下那一塊錢，他說沒問題，因為我已經完成了我的任務。要是他們真的改變心意了，那也不是我的錯。這麼說也對。

我跟在他們後頭繞圈子。他們跨過獨木橋後，我朝著他們揮手吶喊：「再見了，瓊克先生。再見了，史力克先生。還有謝謝你的一塊錢，瓊克先生。」

他轉身，作勢要朝我揮拳頭，結果一個不小心就掉進溪澗裡了。他趕緊抓著史力克先生求救，差點把他也拖下水，幸好史力克先生保持住平衡，安全走過了獨木橋。他又再次咒罵瓊克先生是個雜種，瓊克先生狼狽地爬上岸後，嘴裡碎唸著等他們一回到查塔努加——如果平安回去的話——一定要殺了史力克先生。而我實在是想不透為何他們要這樣吵個沒完。

那兩人就這樣漸漸走遠，直到離開了我們的視線。奶奶想放獵犬去追他們，但爺爺說沒有這個必要，因為他們已經嚐到苦頭了。

爺爺說瓊克先生和史力克先生之所以吵個不停，應該是因為在僱用我和爺爺替他們工作這件事上意見不合。我也覺得是這個原因。

這兩天我和爺爺把大好時間都浪費在山頂上了，但幸好我獲得了一塊錢。我再次提醒爺爺這一塊錢我們可以平分，畢竟我們是合夥人，但他還是不肯收下，他說賺得這一塊錢跟威士忌事業一點關係也沒有。他也說了，這樣的工作就可以賺到這筆錢，感覺挺不賴的。我也覺得真是棒透了。

15 柳樹約翰

到了播種作物的時節，生活會變得相當忙碌。爺爺會用手指感受土地的溫度，以決定何時要開始播種；若時機未到他會搖搖頭，那麼就要再等一陣子。

若等待的日子恰巧也不需要釀造威士忌，那麼我們會去捉魚、採收莓果或是隨意在山林裡閒逛。

一旦開始播種，有很多事情要特別注意。比方說有些特定的時刻不能播種；像是蕪菁和馬鈴薯這類長在地底下的植物，就必須依靠月光種植在陰暗的地方，否則長出來會比一枝鉛筆還要細小。

而所有破土生長的作物，例如玉米、豆類、豌豆，則必須種在能被月光照耀到的地方。不然作物的產量會少很多。

除了要搞懂種植的時間，其他還有很多事情要留意。很多人會遵照年曆上標示的跡象來行動。舉例來說，想種紅花菜豆的話，就得去翻翻農民曆看哪時候種植能結出最多豆子，否則到頭來只會開出一堆花而半顆豆子都沒有。

每件事情都有專屬的跡象。但爺爺不是根據農民曆，而是觀察星象。

春天的夜晚我們會一起坐在門廊，爺爺就在那裡研究天上的星星。他仔細觀察那些星星在山脊之上排列而成的形狀，然後這麼說：「星星的位置正好適合種紅花菜豆。要是明天沒有吹東風的話，我們就來種一些吧。」要是吹起東風，就算星象極佳爺爺也不會種植紅花菜豆。他說這樣長不出來。

當然了，空氣如果太潮濕或太乾燥也不利栽種作物。要是鳥兒們一片靜悄悄，那麼也不是播種的好時機。這還真是一件乏味的工作。

到了早上，我們會依據前一晚所觀察到的星象準備一些合適的作物，但一發現風向不對、鳥兒沒有啾啾叫，以及空氣中的濕度不對的話，我們就會改去捉魚。

奶奶說她很懷疑所謂的跡象其實是取決於爺爺的捉魚興致。但爺爺堅稱女人家不懂這類複雜的事情。他說女人都以為所有事情都很簡單明瞭，但事實並非如此。他還說了，女人之所以幫不上忙，是因為她們生性多疑。爺爺說他曾經見過幾個女嬰，才出生一天就用猜忌的眼神盯著奶嘴看。

天時地利人和時，我們大多是種植玉米。玉米是我們主要的糧食來源，我們還得依靠它養活老山姆，且這也是我們威士忌的主要原料。

爺爺負責操縱犁具，老山姆在前方拉著，一起翻出一排排筆直的溝道。我沒有掌犁，爺爺說我是花式犁田手，翻出來的溝道歪七扭八。我和奶奶負責把種子播撒在溝裡，用泥土將它們覆蓋。奶奶也用切羅基人的種植木棍在山邊種了些玉米。你只須用棍子在地上插出一個個小洞，把種子扔進去就行了。

我們也種植很多別的作物：豆類、秋葵、馬鈴薯、蕪菁和豌豆。豌豆是種在田地的邊緣靠近樹林的地方。秋天時豌豆可以把鹿吸引過來。鹿非常愛吃豌豆，牠們願意跋山涉水二十英里只為了品嚐豌豆，所以冬天我們常常都有鹿肉可以吃。除了這些，我們還種了西瓜。

我跟爺爺在玉米田的盡頭處找了塊有陰影的地，在上頭種滿了西瓜。奶奶說這真是一片大西瓜園。但是爺爺說我們不能吃這些西瓜，應該要把它們扛到路口的小店賣錢，這數量應該能賺不少。

結果事與願違，西瓜成熟時，我和爺爺才知道原來西瓜根本賣不了多少錢。最大的一顆西瓜頂多讓你賣五美分，前提是要賣得出去。但是機率滿低的。

有天晚上，我跟爺爺一起坐在餐桌邊想辦法，看要怎麼處理這些西瓜。爺爺說一加侖威士忌的重量差不多是八到九磅，可以賣兩塊錢；而他覺得完全沒有必要為了五分錢把十二磅重的西瓜扛到店裡——除非我們的威士忌事業垮臺，但那是不可能的。我覺得我們應該自己吃掉這些西瓜。

西瓜大概是世界上長得最慢的作物。豆子成熟了、秋葵成熟了、豌豆成熟了、幾乎所有植物都熟了，西瓜卻還躺在那一動也不動，青澀地躺在地上慢慢成長。我時不時就會去檢查一下它們熟了沒。

有時候你確定那些西瓜已經熟了，但其實它們只是在裝熟。判斷西瓜有沒有熟簡直就和栽種它們一樣困難。

有好幾次在晚餐時間，我告訴爺爺說好像有一顆西瓜成熟了。我每天早上和傍晚都會去檢查，若午餐時間剛好經過那裡的話，我也會抓緊機會跑去看一看。但是每一次我們進到田裡，爺爺查看過後都告訴我說還沒。某天傍晚，我又在吃飯時間告訴爺爺這件事，他說他隔天一早就去看看。

隔天我也早早就起床，滿心期待著結果。我們在日出前就抵達西瓜園，我指著我說的那一顆，它又大又圓，且已經轉成了深綠色。我和爺爺蹲在西瓜旁邊仔細查看。前一天傍晚我已經很認真研究過一遍了，但現在還是跟著爺爺一起瞧著。一會兒後，爺爺宣布這顆西瓜就快熟了，還用手敲了幾下，用聲音來判定。

想靠敲擊西瓜來判斷成熟了沒，得要知道「聲音」所代表的含意。如果你敲下去，傳來的聲音是清脆的「噹、噹」，那代表還是生瓜；若是稍微渾厚一點的「嘭、嘭」，就是快熟了的意思；如果是飽滿像拍胸脯的「咚、咚」聲，那麼太棒了，這顆西瓜已經熟了。這麼說來我們有三分之一的機率可以獲得成熟的西瓜。爺爺說所有事情都是這樣，沒有絕對的結果。

爺爺動手敲西瓜，敲得很大力。他聽了聲音後沒有說話，但我很認真觀察他的表情。他沒有搖頭，這是個好兆頭。這樣並不代表西瓜已經熟了，但沒有搖頭就表示還有希望。他又敲了第二次。

我說那聲音聽起來滿像「咚、咚」聲的，他跪坐在腳跟上仔細端詳這顆西瓜，我也有樣學樣。

太陽出來了。有隻蝴蝶飛過來停在西瓜上，翅膀不斷開開合合。我問爺爺這會不會是個好預兆，因為我聽說蝴蝶停在西瓜上表示這顆瓜已經熟了。爺爺說他沒有聽過這種說法，但也不無可能。

爺爺告訴我，這是個難以判定的狀況。西瓜的聲音聽起來像是介於「嘭」和「咚」之間。我聽起來也是這樣，但是感覺聲音很厚實，應該更接近「咚」一點。爺爺說還有一種判斷方法。他起身去拿了些製作掃帚用的草。

如果把掃帚草橫放在西瓜上，它們一點動靜也沒有，那麼代表西瓜還沒熟。但要是草葉從橫向轉成縱向，就是已經成熟了的意思。爺爺將掃帚草擺上去後，它靜止不動了一分鐘之久後稍微轉動了一下，然後又不肯移動了。我們屏氣凝神盯著它，它就是不願移動。我說可能是葉子太長了的關係，裡頭熟稔的果肉轉不動它。爺爺聽了後把掃帚葉弄得短一些。我們又再試了一次。這次草葉轉動的幅度比較大，幾乎接近九十度了。

爺爺打算放棄了，但我決定堅持到底。我把臉湊上去仔細盯著那根掃帚草，我告訴爺爺雖然它移動得很緩慢，但確實正一點一滴地接近垂直的角度。爺爺說那都是我呼出來的氣息在吹動，跟西瓜熟了沒一點關係都沒有。但是他被說服了，決定相信這是顆熟瓜。不過我們得等到日正當中，差不多午餐時間才能回來摘下它。

之後我一直在注意太陽的位置。感覺它好像一直在原地繞圈子，過了大半天還是在原來的山脊處，似乎故意讓這個早晨特別漫長。爺爺說有時候太陽就是會這麼捉弄人，像是我們在犁田或是在溪邊洗衣服時一樣，覺得時間走得特別慢。

爺爺說，如果我們全神貫注地做某件事，完全沒有留意太陽移動的速度，那麼它就會自討沒趣，乖乖地爬上高空了。於是我們趕緊找點事情做。

收割秋葵是件挺費力的差事。秋葵長得很快，你得時常來採收它們。若從莖葉上採收到很多成熟的秋葵，那麼下回的數量會多更多。

我順著那一大排秋葵往前走，把較低矮的莖葉上的秋葵割下來。爺爺在我身後收割高處的部分。他覺得我們應該是世界上唯二採收秋葵時完全不必彎腰，也不必把莖葉往下拉的人。我們整個早上都在收割秋葵。

奶奶站在秋葵樹的盡頭等我們。「午餐時間！」她笑著宣布。我跟爺爺立刻拔腿狂奔到西瓜園。我先抵達，立刻把西瓜從藤蔓上割下來。但是西瓜實在太重了，我完全抱不動。後來是爺爺把它扛到溪澗旁，讓我負責把西瓜滾落水中——嘩啦一聲，沉甸甸的西瓜立刻就沉到了溪底。

一直到傍晚，我們才好不容易把西瓜撈出來。爺爺趴在溪邊，幾乎整個上半身都浸到水裡才把它抱上岸。然後由爺爺負責扛西瓜，我跟奶奶跟隨在後，走到一棵巨大榆樹的樹蔭下休息。我們三人圍坐在西瓜旁，看著深綠果皮上的冰涼水珠閃閃發亮。感覺真像是一場神祕的儀式。

爺爺抽出他的長刀。他先是看了看奶奶，然後將目光轉向我，被我瞠目結舌的模樣給逗得哈哈笑；接著他朝西瓜用力切下去——若西瓜在刀子還未劈向底部就自己一分為二，代表這是顆好瓜。我們這顆就是。被剖半的西瓜露出了鮮紅色的果肉，上頭滿是晶亮新鮮的汁液。

爺爺將西瓜切片。他和奶奶看到西瓜汁從我嘴裡流出，一路滴滴答答弄濕了襯衫忍不住哈哈大笑。這是我第一次吃西瓜。

夏天的感覺就是這麼安逸自在。這真是屬於我的季節，因為我的生日恰好就是在夏天。這是切羅基人的傳統，我的生日不僅僅是出生那一天，而是延續了整個夏日時光。

在這個專屬自己的季節，根據傳統家人們會告訴我我的出生地、我父親的故事，以及母親對我滿滿的愛。

奶奶說我非常幸運，是萬中選一的孩子。她說我是大地之母夢歐拉孕育而生的小孩，我搬到小屋的第一晚，奶奶所吟唱到的大自然萬物，全都是我的兄弟姐妹。

奶奶告訴我，只有非常少數的人有能力全心全意愛著樹木、鳥兒、雨水和清風。她說在我活著的每一天，隨時都可以在這裡感受到家的溫暖；很多孩子在父母親去世之後都會感到孤單，但我永遠不會。

夏日的黃昏時分，我們一起坐在後門門廊休息。奶奶柔聲訴說屬於我的故事時，夜色正悄無聲息地爬滿山谷。有時候她會沉吟很長一段時間，用手掌輕撫自己的臉後才繼續娓娓道來。

我告訴奶奶，所有的一切都讓我感到驕傲，我可以馬上勇敢地說，山谷中的漆黑暗影再也嚇不了我。

爺爺則說，我的天份比他更高，天生就是個特別的孩子。他也希望自己可以是那個萬中選一的人，面對烏黑一片的山谷可以勇敢邁開雙腳，不再躊躇卻步。不過他說現在我可以負責帶領他走進黑暗的地方。我告訴他我很樂意。

我今年六歲。我的生日提醒了奶奶光陰似箭。她現在幾乎每個傍晚都會點燈為我們朗讀，也多加催促我學習字典上的新單字。我已經學到B了，但是有一頁被撕掉了。奶奶說那頁不重要。下一次我和爺爺去鎮上時，爺爺付錢給圖書館員買下這本字典。這本字典要七十五分錢呢。

爺爺很大方地付了錢。他說他一直想買一本這樣的字典。他並不識字，所以我懷疑他買字典可能有其他目的，但買回家後他連碰都沒碰過。

松樹比利再次來到小屋。西瓜成熟後他來小屋的頻率也越來越高了。看來他很喜歡西瓜。他完全沒有因為獲得紅鷹牌鼻煙公司以及捕獲罪犯的獎金而洋洋得意。他甚至完全沒有提起這些事，我們也就沒有過問。

松樹比利覺得世界末日快到了，所有跡象都明確預示這點。他說戰爭的傳聞滿天飛；饑荒肆虐整個大陸；銀行幾乎都倒閉了，就算沒有倒閉也一天到晚被搶劫。這種情況下根本就無法賺錢。他說那些大城市的平民百姓們面對國家的無情掠奪，仍舊選擇一個接一個跳樓。甚至在奧克拉荷馬州，狂風也把土地吹得寸草不留。

我們已經知道這些事情了。奶奶之前寫信給那些住在祖國的親戚們（我們都稱奧克拉荷馬州為祖國，因為那本來就是印地安人的土地，被奪走之後才成了一個州），他們在回信中把這些狀況都告訴我們了；信中詳述白人們是如何用犁具把不適合耕作的土地給翻開，然後那兒就被狂風吹得滿目瘡痍了。

松樹比利說，既然世界末日即將來臨，那麼他決定要想辦法獲得救贖。然而淫亂不堪的男女關係是他獲得解救的最大阻礙。他說他在酒吧跳舞時認識了很多女孩，才會導致這些亂七八糟的糾葛，而他把錯誤都歸咎在那些女孩身上，因為那些人老是纏著他不放。松樹比利說他試著要在灌木叢中的涼亭聚會獲得救贖，但那邊同樣有一堆女孩圍著他團團轉，害得他又再次犯下同樣的錯誤。他說有個年紀太大，已經無法有男女關係的牧師，經常在涼亭聚會講道，竭盡所能地抨擊這種男女風流情事。

松樹比利說，聽到老牧師講道的那一刻，自己幾乎就要戒掉這個亂七八糟的惡習了。而那當下的感覺，即代表自己獲得救贖了。他說他正在努力走回正道，接受上帝的拯救——即使世界末日即將來臨。最早的浸信會教徒深信，獲拯救者得永生。要是你中途不小心故態復萌，再次犯下荒淫的罪孽，也仍舊擁有永生的權利。所以說，似乎沒什麼事情好擔心的。

松樹比利說他比較傾向於信奉浸信會。換作是我應該也會這麼做。

那個夏日的午後，松樹比利為我們演奏小提琴。可能是因為世界末日已近在眼前，他的琴聲聽起來好哀傷。

這悲傷的樂音，彷彿是在告訴我們，這將是此生最後一個夏天；這段夏日時光已悄悄溜走，你急切地盼望它回頭，但為時已晚。你會希望松樹比利沒有拉動琴弓，因為琴聲讓你心痛——但同時你又希望他一直拉下去。這真是種寂寞的感覺。

我們每個禮拜天都會上教堂，路線就跟我和爺爺送貨時走的那條小徑一樣，因為教堂就在距離商店一英里的地方。

天亮前我們就得出門了，這是一段遙遠的路程。爺爺會穿上他的黑色西裝，裡頭的襯衫是奶奶用漂白過的麻袋做成的。我也穿同樣的襯衫，搭配乾淨的連身工作服。上教堂要穿得正式一些，所以我和爺爺都扣上了襯衫最上面的鈕扣。

爺爺穿了他用油拋光過的黑皮鞋，走在路上似乎有點沉重，腳步比平常緩慢許多。他還是比較習慣鹿皮靴子。我知道爺爺走得很吃力，但他忍著一句話也沒說，就這樣慢慢地走向前。

我跟奶奶走得輕鬆多了。我們都穿鹿皮靴子。奶奶的打扮讓我驕傲極了，每逢星期天她就會穿上她那件色彩繽紛的洋裝，橘色、金色、藍色和紅色搭配在一起真是好看。那件洋裝長及腳踝，裙擺像蘑菇一樣是傘狀的，在她身旁散開。她就像一朵步伐輕盈的春日花朵，沿著小徑迎風綻放。

若不是奶奶很喜歡穿著這件洋裝出外走走，我猜爺爺應該永遠不會上教堂。除了難走的皮鞋外，他本身就對上教堂沒什麼熱忱。

爺爺說牧師跟教會執事幾乎掌管了教徒的生死。他們可以決定誰該下地獄、誰能夠上天堂。要是哪個人不知道他們手握這些權力，便會盲目地崇拜牧師和執事。所以爺爺才不肩上教堂。但是每個禮拜天他都沒有抱怨。

我很喜歡上教堂的這段路。這時我們不須扛貨物，還可以在岔路上欣賞到拂曉的晨光。陽光灑落在山谷裡的露珠上，也讓我們腳下多了一層金光斑駁的樹影。

教堂就位在路旁的樹叢中。這是一座小小的、沒有粉刷過的建築，但是整體很整潔。每個週日，當我們一踏上教堂前的空地，奶奶就會停下跟某位女士交談，我跟爺爺則直接走去找柳樹約翰。

柳樹約翰總是獨自一人站在樹叢中，遠離教堂跟人群。他比爺爺年長，但跟爺爺一樣高大。他是血統純正的切羅基人，長長的銀白髮辮超過肩膀，頭上戴著一頂幾乎遮住他雙眼的平沿帽……彷彿那雙眼睛藏有重大的祕密一般。然而與他眼神相交後，就能理解他遮掩雙眼的原因了。

那雙眼睛是兩個漆黑、裸露的傷口；不是發炎的那種傷口，而是毫無生命力、空洞無力地倒在那裡的那種傷口。你不會知道柳樹約翰是視線模糊了，還是正在望著遠方一個朦朧不清的身影。在那之後幾年，有位阿帕契族人給我看一張老人的照片，照片中的人叫做傑羅尼莫，是印地安的傳奇戰士，他的眼睛就和柳樹約翰一樣。

柳樹約翰已經八十幾歲了。爺爺說很久以前他曾去到祖國。他堅持不搭汽車或火車，而要以徒步的方式翻山越嶺。三年之後，他回來了；但他絕口不提在那兒發生的事，他只說祖國已經不在了。

我跟爺爺朝著他所在的樹林走去。他們兩人會擁抱很長一段時間；兩個人都很高大，都戴著大大的帽子——都同樣沉默不語。隨後奶奶也會走過來，柳樹約翰會彎下身子，也給奶奶一個長長的擁抱。

柳樹約翰就住在教堂後的深山中；這樣看來，教堂剛好就在我們兩家的中間，也成了我們的聚會場所。

小孩子的直覺很準。我告訴柳樹約翰不久後這裡就會有很多切羅基人。我說那其中一個就是我，因為奶奶說我生來就是山林裡的孩子，知曉樹木們的情緒變化。柳樹約翰將手放上我的肩膀，眼底流露出一絲微光。奶奶說，多年以來他第一次流露出這般眼神。

我們是最後一組走進教堂的人。柳樹約翰、奶奶、我還有最靠走道的爺爺，依序坐在最後一排的老位子。進行禮拜的時候，奶奶緊握著柳樹約翰的手，爺爺則手越過椅背摟著奶奶的肩膀。我則是一手握著奶奶的手，一手放在爺爺的腿上。這個姿勢讓我有種被保護的感覺，但是當他們一動也不動、坐得直挺挺地專注於禮拜時，我的雙腳幾乎要麻掉了。

有一次我們走到座位，發現有把長刀躺在我的位子上。那把刀跟爺爺的一樣長，刀鞘邊緣還縫有鹿皮。奶奶說這是柳樹約翰送我的禮物。這正是印地安人送禮的方式。他們一定是有特別的理由才會送禮，且會讓你不經意地自己發覺。而且呢，印地安人送禮，一定是相信那人有資格獲得這份禮物，所以專程道謝其實是種挺愚蠢的行為，當然更不可大肆宣揚。我覺得這樣很合理。

我也回送了柳樹約翰五分錢，再加上一隻牛蛙。禮拜天我們抵達教堂外時，柳樹約翰把外套掛在樹上，正等著我們到來，我立刻偷偷地把禮物放進他外套的口袋裡。這隻牛蛙是我在小溪裡抓到的，本來體型就滿大的，我又餵牠吃了好多蟲子，現在的牠簡直是隻巨型牛蛙了。

跟我們會合後，柳樹約翰穿上外套走進教堂。牧師要所有人低頭禱告，周圍靜寂到能聽清楚人們的呼吸聲。牧師開始吟誦：「主呀……」這時牛蛙大聲應和：「呱呱呱呱呱！」聲音低沉但宏亮。在場的每個人全嚇得跳了起來，有個人甚至直接衝出教堂大門。有個人大聲嚷嚷：「我的老天呀！」還有個人拚命尖叫道：「讚美主！讚美主！」

柳樹約翰也嚇了一大跳。他手伸進口袋，但沒有把牛蛙掏出來。他看向我，雙眼再度閃爍起光芒；這次不是來自深處的微光，而是真正明亮澄澈地閃耀著。然後他笑了！這個笑容從起先的微笑——越來越大、越來越大，變成了咧嘴大笑！他低沉豪邁的笑聲吸引了所有人的目光。但他絲毫不在意。我有點害怕，但也跟著笑了起來。笑著笑著他的眼裡突然盈滿了淚水，淚珠就這麼滑進了他臉上的皺紋中。柳樹約翰哭了。

教堂裡一片鴉雀無聲。牧師瞠目結舌地望著這一切。柳樹約翰依舊沒有理會所有人。他的胸膛上下起伏、肩膀劇烈顫抖，就這麼哭泣了好長一段時間。眾人紛紛別過頭，但是他和爺爺，以及奶奶，仍舊目光筆直地盯著前方。

牧師費了好大一番功夫才重新開始講道。他完全沒提到牛蛙。他試圖要訓斥柳樹約翰，但他根本沒有把牧師放在眼裡，只是牢牢望著前方，彷彿牧師根本不存在似的。講道的內容是關於眾人應當尊敬上帝的居所。但柳樹約翰沒有低頭禱告，更沒有脫帽。

爺爺對此沒有發表任何評論。過了許多年我依舊在想，柳樹約翰應該就是用這個方式說出了自己的心聲。他的族人們已流離失所，被迫放棄曾經是他們家園的這片山脈。現在，還得被迫服從於牧師以及教堂其他人的底下。他失去了奮鬥的氣力，只能戴著帽子宣示自己的不滿。

或許當牧師說「主呀……」，而牛蛙放聲回覆「呱呱呱呱！」的時候，其實牛蛙是在替柳樹約翰出言抗議，所以他才感動地流下眼淚。這聲蛙叫替他道出了多年來的苦澀。那次事件過後，柳樹約翰看向我的眼眸總是蘊藏著閃爍不已的黑色幽光。

其實那個當下我感到很抱歉，但之後回想起來，我很慶幸將牛蛙送給了他。

每個禮拜天離開教堂後，我們都會一起到空地邊的樹林裡吃午餐。柳樹約翰的麻袋裡總是裝有獵物，像是鵪鶉、鹿肉或鮮魚。奶奶則帶來了玉米麵包和各種蔬菜。在榆樹的陰影下，我們一邊大快朵頤，一邊天南地北隨意聊天。

柳樹約翰說，野鹿們不斷遷徙到遠方的山上。爺爺則會說起魚的捕獲量。奶奶則是會提醒柳樹約翰下回要帶些需要縫補的衣服給她。

當夕陽西下，暖橙色的薄暮開始籠罩我們之時，就是說再見的時候了。爺爺奶奶會輪流擁抱柳樹約翰，他則會有點害羞地拍拍我的肩膀。

接著我們踏上歸途，穿過空地走上來時的岔路。我會回頭看柳樹約翰，但他只是徑直地向前離去。他的肩膀不會隨著巨大的步伐搖擺，而是緊緊貼在身體兩側。他不會東張西望；有時候會不小心踩上白人領地的邊緣。他就這樣消失在了樹叢裡，一點足跡也沒有留下。我趕緊跟上爺爺奶奶。我們三人於週日的黃昏時分一起踏上歸途，一路上誰也沒有出聲。感覺真是一段孤寂的路程。

在人生的最後一兩年裡，你願意陪我散個步嗎，柳樹約翰？不會太遠的；
我們無須交談，更無須追溯往日的苦澀。
我們或許會開懷大笑，又或者為任何理由淚流滿面；
也許我們能在路途中，重拾那些遺失的美好。

你願意陪我坐一會兒嗎，柳樹約翰？不會太久的；
一分鐘就好，就以你的方式來做計算吧。
我們只需交換一兩個會心的眼神；就能知曉彼此心中所有；
當說再見的時刻來臨，我們慶幸自己是如何深愛著對方。

你願意為了我多走一會兒嗎，柳樹約翰？
說再見之前，讓我們再慰問彼此一兩句吧，
往後的日子，只要想起與你漫步的追憶，滾落的淚水便能稍稍停歇；
心中無盡的思念，更由這段回憶來撫慰。

16 上教堂

爺爺說，教堂裡的那些牧師，滿心以為自己掌握了眾生進入天堂或下地獄的命運。他也說，那些牧師自認為他們比上帝擁有更多權力。

爺爺告訴我，牧師的本分應該是要努力工作，去體會賺錢有多辛苦才對，如此一來，他們就不會再將金錢視為世界末日的罪魁禍首。爺爺說，但凡他們從事一些正當、需要付出勞力的工作，不論是釀造威士忌或其他職業，那些根深蒂固的成見就能被抹除。我覺得這說法聽起來很正確。

人們居住在深林裡的各處，因此山裡有好幾間教堂，然而要維持單一間教堂的運作已經很不容易。這導致情況變得很複雜，因為山林裡有太多不同的宗教派別了，如此會讓山民的意見變得相當分歧。

信奉死硬派浸信會的教徒們認為，凡事都是命中注定不可改變的，沒有任何行為能改變命運。然而蘇格蘭長老教會大大抨擊此種觀念。這兩個派別分別都引述了聖經，堅稱自己的理念能獲得百分之百的證實。這讓我完全搞不清楚聖經裡到底是怎麼說的。

傳統的浸信派教徒相信，應該要將金錢以「愛的奉獻」的名義捐贈給牧師；但死硬派教徒堅信此行為大大違逆了宗教本質。關於這點，爺爺較支持死硬派人士的教條。

不過所有的浸信派成員都支持受洗儀式，也就是將整個人完全泡進溪水裡。要是不這麼做，就無法獲得上帝的赦免。然而循道宗持相反意見，認為在頭上灑水不過是種騙人的把戲。他們這些不同派別的教徒，會在教堂的前院大力揮舞手中的聖經，宣稱自己說的才是正道。

聖經裡似乎兩種做法都有記載；但不管是哪種教義，最後總是會提醒你此為唯一正統，另循它者必將下地獄。但搞不好聖經裡根本沒這樣寫，是那些教徒自己加上的。

其中有一位基督會的信徒說，要是你尊稱牧師為「牧師大人」，那麼死後就會直通地獄。他說「先生」或「兄弟」沒問題，但「牧師大人」萬萬不可。他聲稱聖經有詳述這一點；但是其他派別的信徒們證實，聖經裡明明表示「牧師大人」才是適當的稱呼，不這麼叫才會下地獄去呢。

那位基督會教徒隻身一人，很快地就被人多勢眾的其他信徒大力譴責。但他仍舊堅持己見。他每個禮拜天去到教堂，都會走到牧師面前叫他「先生」。這行為讓他和牧師的關係變得非常緊張。有一次他們幾乎在院子裡打起來了，還好被旁人給拉了開來。

我下定決心，絕對不要去淌宗教這灘渾水。我也不會以任何名稱來稱呼牧師。我跟爺爺說這麼做最安全，因為要是聽信了聖經裡各式各樣的教條，那麼隨時都會面臨下地獄的危險。

爺爺說，要是上帝跟那群爭論不休的白癡們一樣心胸狹隘，那天堂恐怕也沒有比較好。說得也是。

還有一個很有錢的家庭，他們信的是美國聖公會。他們都是自己開車到教堂的，整個前院就只有這臺車。這家的男主人很胖，幾乎每個禮拜天都穿不同的西裝。女主人同樣也很胖，頭上總戴著一頂大大的帽子。他們有個女兒，每次的打扮都是白色洋裝加一頂小小的帽子。那小女孩頭總是抬得高高的，好像正在瞧著天上的什麼東西，但我從來都不知道她到底在看些什麼。他們每次來都會在捐贈盤裡放一塊錢，也是每個星期天盤子裡的唯一一塊錢。每當他們的車子抵達，牧師總是會親自替他們開車門。那家人坐在教堂最前面的位子。

每次牧師講道時，中途都會停下來看著第一排的人問道：「您覺得正確嗎，強森先生？」強森先生會微微點頭，或多或少地證明牧師講的是對的。每當牧師這麼問，每個人都會不約而同將頭轉向強森先生，看到他點頭才又放心地靠回椅背上。

爺爺說，美國聖公會是對宗教瞭解得最透徹的一個派系，所以他們不必老為了受洗、稱呼這些事情跟其他人喋喋不休。他說，聖公會信徒很清楚怎麼做才會上天堂，但他們不願吐露方法給其他人知道。

牧師是個骨瘦如柴的男人。他每個禮拜天都穿同一套西裝、頭髮翹得亂七八糟，且無時無刻都顯得很緊張的樣子。老實說，他確實很緊張。

在院子裡時，他對每個人都很友善，雖然我從未靠近他；但一站上講臺後，他整個人都變了。爺爺告訴我，這是因為他知道在布道的時候，任何膽敢起身反抗他的行為都是大忌。

他從來沒提過關於受洗的事情。這真是讓人失望，因為我很想知道那些最好不要受洗的原因。他總是不斷談論法利賽人，也就是《聖經》中認為應嚴格遵守宗教法規、不同於普通人的古猶太教派成員。每次一講到法利賽人，他的情緒就會很激動，忍不住離開講臺朝著我們跑過來。有幾次他氣到差點窒息了，看來他真的恨極了法利賽人。

有一次他斷定法利賽人全都會下地獄，說著說著又走下了講臺。他憤怒地痛罵法利賽人，呼吸變得異常沉重，連喉頭都發出了一連串急促的聲響。他衝到離我們幾步遠的位置，手指著我跟爺爺大喊：「你們很清楚他們那些人……」看起來好像在指控我和爺爺跟法利賽人有什麼勾當似的。爺爺站起身，表情嚴厲地看向牧師。柳樹約翰看著爺爺，奶奶則緊抓爺爺的手臂。牧師只好轉過身去指向其他人。

爺爺說他根本就不認識任何法利賽人，絕不允許任何雜種替他冠上這種莫須有的罪名。他還說，那牧師最好識相點，快點把他的手指移開。他確實移開了，我想他肯定看見了爺爺眼裡的怒火。柳樹約翰說那牧師簡直瘋了，行動前最好看清楚些。柳樹約翰總是隨身帶把長刀。

那牧師也很討厭非利士人，也就是居住在迦南南部海岸的古民族。他把那民族抨擊得一無是處。他說那些人幾乎就跟法利賽人一樣低賤。強森先生點頭表示同意。

爺爺說那牧師一天到晚都在批評別人，他簡直聽不下去了。他說根本就沒有理由需要把法利賽人跟非利士人混為一談；原本就已經夠多麻煩了。

雖然爺爺不贊同捐贈金錢給牧師，但他每次都會在捐贈盤裡放些小東西。他說那算是我們坐的長椅的租金。有時候他會給我五分錢讓我放到盤子裡。奶奶從不在盤裡放東西，柳樹約翰甚至連看都沒有看盤子一眼。

爺爺說要是有人硬是把盤子湊到柳樹約翰面前，柳樹約翰就會從裡頭「拿出」東西；就當作是那些人想送他的禮物。

一個月會有一次作證時間。到時在場的所有人都會起立，一個接著一個述說自己有多愛上帝，以及懺悔他們的罪孽。爺爺從來不參與這些。他說這只會釀成更多麻煩。他知道有些人在坦白自己對某人做的錯事之後就被槍殺了。那個槍殺他的人原先也不知道這事，就是在作證日當天聽到的。不過爺爺說這些都不關他的事。奶奶和柳樹約翰也從來沒有站起身。

我告訴爺爺，我覺得他的做法是對的，我也不打算站起來。

有個人說他被拯救了，且準備要戒酒。他說他多年來一直都有酒精成癮的問題，但他再也不會碰任何一滴酒了。每個人聽到他即將戒除惡習都好高興。眾人大喊：「讚美主呀！阿們！」

每次一有人起立坦承自己的罪過，角落裡有個人就會大吼：「說出來吧！說出來吧！」當站著的那人快要說完時，他又會再次大喊，好讓教堂裡的其他人認為那人的罪孽不只這些。有時候他們還真的會講出更多更惡劣的行徑，要是角落那人沒有大聲嚷嚷，這些惡事是不可能被公諸於世的。而那個大喊的人只是坐在角落，從來沒有站起來過。

有一次有位女士起身。她說上帝把她從邪惡的深淵中拯救了出來。那人又大叫了：「說出來吧！」

那位女士雙頰緋紅，說自己犯了通姦的罪孽。她說她知道自己錯了，下定決心要改過向善。角落那人又繼續大吼：「說出來吧！」那女士便說了，她曾經跟史密斯先生私通。史密斯先生聽到這番話從長椅上站了起來，穿過走道就要離開，引起了好大一陣騷動。他腳步飛快地衝出教堂大門。就在同一時間，後排座椅上的兩個人也悄悄起身跟著溜出去，但完全沒人注意到他們。

那位女士又抖出了兩個她私通過的名字。每個人都很贊同她勇於承認的行為，說這樣才是正確的。

離開教堂後，所有男人都離那位女士遠遠的，不願跟她交談。爺爺說那些人之所以這樣，是怕別人誤會自己也攪和進荒淫的事情裡頭了。不過女人們倒是圍在那位女士身邊，一下捶捶她的背、一下拍拍她的手說做得好極了。

爺爺說，那些圍繞在旁的女人是想知道自己的丈夫有沒有出軌。她們認為，要讓那些懺悔的人感到安心，相信自己把真相講出來是正確的，那麼以後就會有更多女人願意坦承通姦的罪行。

爺爺說要是真有更多人懺悔這件事，那麼後果真是不堪設想。我也這麼覺得。

爺爺也說，他希望那女人繼續跟男人們私通。她這樣承認一切，之後只會後悔而已，因為再也沒有男人敢跟她私通了，除非那人已經醉到失去意識。

每個禮拜天牧師開始講道之前，會有一段特別的時間。在那段時間裡人們可以起身告訴大家有哪些人需要幫助。比方說佃農們在搬家的途中沒有食物可以吃，或者是有人的屋子被大火燒毀了。

教堂裡所有人都會很熱心地提供幫助。夏天時我們會帶很多蔬菜過去，因為數量多到我們自己吃不完。冬天我們是帶肉類。有一次爺爺還用山胡桃木樹枝做成一張椅子，上頭覆有一塊鹿皮墊子，送給家具全被大火燒毀的一家人。那天爺爺將那家男主人拉到院子的角落，送給他椅子並花了好長一段時間教他製作方法。

爺爺說，授人以魚，不如授人以漁。那人學會了方法，以後就可以靠自己，要是每次都給他現成的，那麼他就得永遠依賴你。爺爺也說，一味的幫助別人只會帶來反效果，最終將剝奪那人原有的特質，終生仰賴別人生活。

爺爺說有些人特別喜歡施予他人，因為這讓他們有種優越感，自認比那些接收他人幫助的人更高一等;事實上,那些人只需要將技巧傳授給他人,讓大家都能靠自己的力量生活就行了。

爺爺說有些人天性就喜歡這種自視甚高的感覺。他也說那些接收他人幫助的人其實很可憐,簡直就像替別人追捕獵物的獵犬。他們寧願卑微地蜷縮在「自大狂先生」的腳下,當一隻聽人號令的狗,也不願當個堂堂正正的人。那些人花了大把時間泣訴自己的需求,但事實上,他們需要的是有人狠狠地朝他們的後背踹一腳。

爺爺說有些民族天生就是這麼自負,老是不斷地在施捨別人,把自己當成了與眾不同的「大人物」,若那些人真有良心的話,就會明白真正該做的不是給予,而是教導。爺爺說,那些人不願教導別人自力更生,因為這樣一來就沒有人需要依賴他們了。「大人物」的崇高地位也就不復存在。

我跟爺爺在溪邊洗衣時,他跟我說了這一切。他對整件事憤慨不已,我們幾乎得費力爬回岸上,不對,應該是爺爺他自己得奮力上岸,因為他氣到差點溺水了。我剛好在這時候問他摩西是誰。

爺爺告訴我,他只聽過牧師非常激動地談論過這個人,並不是很清楚他的角色為何。牧師說摩西是耶穌的門徒之一。

物。

爺爺提醒我千萬別把他說的話奉為圭臬，因為關於摩西的一切，他也只是「聽說」。他說摩西曾在蘆葦叢中和一個女孩發生關係，還特地告訴我蘆葦叢是生長在河邊的植

這看似挺正常的，但那個女孩很有錢，且是一個名叫法羅的雜種女人。爺爺說法羅殺人無數，為了此事決心要幹掉摩西。這也是今日一些紛爭的緣由。

爺爺說，摩西先是躲起來，然後帶著那些法羅原本想殺掉的人一起逃走了。他說摩西去到了一個完全沒有水源的國家；但他手拿一根木棍，敲了敲石頭就有水流出來了。爺爺說他完全想不透這究竟是怎麼辦到的……不過這也只是傳說罷了。

爺爺說摩西毫無目的的流浪了好多年。事實上，他從未到達心中想去的地方，反倒是跟隨他的那些人達成目標了。不論那個目的地究竟是哪裡，摩西在流浪途中就過世了。

這時挪亞的兒子大力士參孫出現了，他殺了無數四處惹麻煩的非利士人。爺爺說他也不知道戰爭的經過，也不確定那些非利士人是不是法羅的人馬。

爺爺接著說，有個女人暗算了參孫，趁他醉得不省人事時剪光了他的頭髮，導致他氣力全失，遭受敵人制伏。爺爺不記得那女人的名字了，但他說這是一則很棒的聖經寓言：當有女人試圖灌醉你時，千萬要提防點以免遭暗算了。我一定會牢記這個故事的。

爺爺很高興講了這個故事給我聽。我想，這可能是他知道的唯一一個聖經故事吧。

回想過去的日子，我和爺爺真的是對聖經的內容一無所知，也被那些如何上天堂的方法弄得暈頭轉向。我認為，我們跟宗教那堆事完全扯不上邊，倒是一件頗為明智的事情，因為我們永遠也無法從中理出個頭緒來。

一旦你放棄了某件事情，那麼你就等於是個旁觀者。每次一提到宗教信仰，我跟爺爺就是兩個不折不扣的旁觀者，絲毫不把那些事放在心上……因為我們已經放棄了。

爺爺說我最好也趕緊忘掉有關受洗的紛爭。他說他老早之前就放棄這件事了，自那之後他整個人感覺輕鬆多了。

他還偷偷告訴我，他實在是想不通溪水跟宗教到底有什麼該死的關聯。

我也完全搞不懂，所以也決定不再管這件事了。

17 懷恩先生

懷恩先生是背著貨物的小販。每到春天和冬天，他總會在日落之後拜訪我們，一個月兩次，與我們共度夜晚。有時他還會在我們家住個一兩天。

他家住在鎮上，但總是背著貨物上山。我們知道他哪些天會來，所以只要獵犬們一吠叫，我和爺爺就會到山谷裡的小徑跟他會合，然後一起幫他把貨物搬到小屋。

爺爺會幫忙拿他的後背架。懷恩先生會修時鐘，所以總是帶著一只壞掉的時鐘，這只鐘就由我負責扛著。我們家沒有時鐘，但我們會一起在餐桌上修理那只他帶來的鐘。

奶奶會點燈，這樣懷恩先生就能把鐘放到桌上，打開來好好研究內部。我總是站在他旁邊的椅子上，看著他拿出一個個小彈簧和金色螺絲釘。我不夠高，坐著的話什麼也看不到。修理時鐘的時候，爺爺和懷恩先生也會聊些有趣的事。

懷恩先生大概一百歲了吧，他的鬍子又長又白，總是穿著一件黑色大衣、後腦勺戴著一頂黑色小圓帽。其實懷恩先生不是他的本名，只是他長長的名字的頭兩個字，但那名字實在太長又太複雜了，我們不知道到底該怎麼唸，所以乾脆直接叫他懷恩先生。他也同意我們這麼稱呼他。他說名字並不重要，不過是某種發音而已。這麼說真是對極了。他說有些印地安人的名字他完全不會唸，所以他就會自己取些別名。

懷恩先生的口袋裡總是裝有東西；通常是蘋果，其中一次是顆橘子。但他自己從來都不記得。

黃昏來臨，我們會一起享用晚餐；之後，趁著奶奶收拾餐桌的空檔，爺爺和懷恩先生會坐在搖椅上聊天。我則拉著我的椅子坐在他們兩人中間。懷恩先生說著說著會突然暫停一下，然後接著說道：「我好像忘記什麼事了，但實在想不起來。」我知道是什麼事，但沒有說出來。懷恩先生會邊想邊搔頭，還會一邊用手指梳理他長長的鬍子。這時爺爺也幫不上什麼忙。最後他會低頭看著我說：「你能替我想想嗎，小樹？」

這時我就會說：「沒問題，先生，您肯定是忘記口袋裡放了些什麼東西了。」

懷恩先生一聽立刻跳起來，手伸進口袋裡說：「我真是太糊塗了！謝謝你提醒我呀，小樹。我真是老了才這樣。」他確實是年紀大了。

接著他會掏出一顆比山中所有品種都還大的紅蘋果。他說他在半路撿到，本來想丟掉的，因為他不喜歡吃蘋果。每次我都會替他吃掉。我會把蘋果切成三塊，另外兩塊分給爺爺奶奶，但是他們也不喜歡，我只好自己吃掉全部。吃光後我會把種籽種在溪邊，希望以後能長出很多蘋果樹，每棵樹上都結有又大又紅的果實。

懷恩先生也常常忘記自己把眼鏡擱哪去了。他修理時鐘的時候，鼻尖上會架著一副小小的眼鏡。那副眼鏡的鏡架是金屬絲線，固定在耳後的鏡腳處纏著一塊布。

他跟爺爺說話時，會暫時把眼鏡架到頭頂上，將注意力從時鐘上挪開。低頭繼續工作時，他就找不到自己的眼鏡了。我知道就在他頭上。他會環顧桌子一圈，然後問爺爺奶奶：「我那該死的眼鏡又到哪去了？」他們三人會相視而笑，覺得自己真是太傻了。這時我就會告訴懷恩先生眼鏡就在他頭上，聽了後他會摸摸他的頭頂，徹底忘記是自己放上去的。

懷恩先生說，要是沒有我幫他找到眼鏡，那麼那時鐘就修不成了。少了眼鏡確實沒辦法修理。

他還教我怎麼看時間。他會隨意轉動鐘面上的指針，要我回答那是幾點，要是我答錯了他就會笑幾聲。很快地我就學會看時鐘了。

懷恩先生說我懂得很多。他說同年齡的孩子幾乎都不知道馬克白先生和拿破崙先生的故事，也沒有在讀字典。除此之外，他還教我算術。

多虧了威士忌生意，我已經學會怎麼算錢，但懷恩先生還是拿了紙筆寫下一些數字。他教我認數字、加法、減法還有乘法。爺爺說我的算術能力比大多數他認識的人都要優秀。

懷恩先生送了我一枝黃色的長鉛筆。削鉛筆有個特殊訣竅可以避免削得太尖，太尖的話筆芯容易斷掉，那麼就得再削一次；這樣就太浪費了。

懷恩先生說他教我的削鉛筆方式一點也不會浪費筆芯，是種「節儉」的方法。他也說了，節儉跟小氣是兩碼子事。如果你很小氣，那麼你就跟那些崇拜金錢的大人物沒有兩樣，吝嗇到不把錢花在該花的地方。這樣一來你就成了金錢的奴隸，最後肯定沒有好下場。

若你是節儉呢，就會懂得如何善用金錢，將每一分錢都花在有用的事物上。懷恩先生說人的每個習慣都是環環相扣的，若你有壞習慣，那麼就會導致不好的個性。若你恣意揮霍金錢，那麼你也就不懂得如何管理時間、思想，甚至是人生所有大小事。這樣隨便的人就成了政客下手的對象。他們會開始掌控你，讓你受制在這樣的暴君底下。懷恩先生說節儉的人絕不會成為暴君的奴隸。我也這麼認為。

看來他對政客的觀點和我跟爺爺的想法不謀而合。

奶奶會跟懷恩先生買一些縫線。五分錢可以買兩小捆，大捆的則是一捆就要五分錢。

有時候她也會買些鈕扣。有次她還買了一件縫有花朵的紅色衣服。

懷恩先生的背架裡應有盡有：各色緞帶、漂亮的衣服襪子、頂針和縫衣針，還有好多閃閃發亮的小工具。懷恩先生把背架放到地上打開後，我就會蹲在一旁仔細瞧裡面有些什麼，他會把東西一個個拿出來，一一告訴我所有名稱。他從裡面拿出一本算術本送我。

本子裡寫滿了數字，還有教你如何運算。這樣我這整個月都可以練習算術了。我學得非常快，每次懷恩先生來到我們家，都被我的問題弄得暈頭轉向。

懷恩先生說算術能力很重要。他說教育可以分成兩個方向，一是技術面的，教你如何經由貿易賺錢。他自己就不斷充實這方面的技能。但是他也說了，教育的另一面需要你全心守護，千萬不能改變。他稱之為「價值」。

懷恩先生說，將自身價值投注在誠實、節儉、盡力而為以及關照他人等美德上，遠比其他任何事情來得重要，要是沒有學會這些價值，即便你技術方面的知識非常先進，也不過都是徒勞。

事實上，少了這些價值，你越是擁有先進的技術，就越有可能利用這些技術來惹事生非。這麼說真是一點都沒錯，不久後便有個活生生的例子。

每次我們修不好時鐘的時候，懷恩先生就會多待一天想辦法。有次他帶來了一個黑色的盒子，說那叫做「柯達手提照相機」，他想用這機器替我們拍張照——雖然他不是很會拍。他說這是有人跟他訂購的，但先拍個一兩張沒什麼關係。

他替我跟爺爺各拍了一張照片。拍照時人得面對太陽才能成像。懷恩先生說他真是搞不定這奇怪的玩意。爺爺也不知道該怎麼操作。他覺得這臺相機非常可疑，只拍了一張照就不想嘗試了。爺爺說他從來沒見過這種東西，且最好先花點時間搞清楚再使用，不然誰也說不準會發生什麼事。

懷恩先生希望爺爺能替我跟他拍張合照。結果我們整個傍晚都在忙這件事。我跟懷恩先生就定位，他的手搭在我頭上，兩人對著相機咧嘴，然後爺爺說從那個小洞他根本就看不清我們倆，這時懷恩先生就得走去替爺爺調好相機，再走回來擺姿勢。然後我們又是一樣的姿勢、一樣的笑容。爺爺說我們應該再站遠一點，因為他除了我們的其中一隻手臂外，什麼也沒看見。

操作相機搞得爺爺很緊張。我猜他可能以為有什麼東西躲在盒子裡，隨時會跳出來。最後總算是成功拍照了，我跟懷恩先生都被太陽曬得睜不開眼睛了。可惜的是，搞了老半天結果還是失敗。下個月懷恩先生把洗好的相片帶來，我跟爺爺的獨照都很清楚，但後來拍的那張合照裡面根本沒人。我們看出相片裡有幾棵樹的樹頂，還有一些黑點；看了老半天，爺爺說那是飛過樹頂的幾隻鳥。

爺爺很得意拍了這張鳥的照片，我也是。他把照片帶到路口的小店跟喬金斯先生炫耀，說這照片可是他一手拍下的。

一開始喬金斯先生看不懂照片裡那些究竟是什麼。我跟爺爺花了將近一個鐘頭解釋，他才看出那堆黑點是鳥。我想那天我跟懷恩先生應該是站在那幾隻鳥的下方。

奶奶沒有拍照。她沒有說為什麼不想拍，但她看起來不太信任那相機，似乎碰都不敢碰。

我們拿到相片後，奶奶也興致勃勃地觀看，最後她把照片都擺在壁爐上方的木條上，還時不時盯著它們看。我相信她之後也會想拍張照，但我們沒有柯達相機了，因為懷恩先生把它交給訂購的買家了。

懷恩先生說他要再去弄一臺柯達相機，但是新相機遲遲沒有出現，因為這是他人生中最後一個夏天。

夏天步入尾聲，剩下的炎熱日子彷彿在我們打瞌睡時悄悄離開。陽光從原本充滿生命力的白光，漸漸變得不那麼耀眼，成了溫和的金黃光暈，替夏末的午後時光蓋上一層朦朧的面紗，讓這炙熱的季節得以嚥下最後一口氣。一切準備就緒後，爺爺說，就可以安息了。

這也是懷恩先生的最後一段旅程。當天我跟爺爺攙扶著他走過獨木橋、跨上門廊的臺階時，都還不知道這件事。或許懷恩先生自己早就知道了。

他將背架放到地上後，拿出了一件黃色外套。他將外套高高舉起，讓煤油燈在上面映照出金黃色的光芒。奶奶說這光芒讓她想起了野生金絲雀。這真是我們見過最漂亮的一件外套。懷恩先生手舉著它，在燈光下不斷翻面，我們全都目不轉睛地看著這一幕。奶奶伸手碰了碰外套，而我只是雙眼盯著它看。

懷恩先生說他的腦袋越來越不靈光了，老是忘東忘西的。這倒是沒錯。他說這件外套是他替其中一個住在大海另一端的曾孫縫製的，但尺寸是好幾年前測量的。外套完成後，他才想到曾孫已經長大不少了。現在沒人穿得下這件外套了。

懷恩先生說把還沒壞的東西丟掉等同於犯罪。他說他已經為此煩惱到睡不著覺了。他已經老了，沒法再承受加諸在身上的罪行。要是找不到人幫他的忙，替他穿上這件外套，那麼他的人生就徹底失敗了。聽了這番話，我們三人仔細地看了會兒那件外套。

懷恩先生頭垂得低低的，彷彿已經投降。我告訴他我願意試穿看看。

他猛然抬頭，濃密的鬍鬚中露出了大大的笑容。他說他真是太糊塗了，竟然沒想過要問我。他撐起身子，雀躍地跳了幾步，說我真是替他解除了肩上的重擔。我想我真的幫了一個大忙。

大家合力替我穿上外套。我直挺挺地站在那，奶奶替我套上袖子、懷恩先生替我撫平後背、爺爺替我拉好下擺。我穿起來剛剛好，看來我跟懷恩先生記憶中的曾孫的身材一樣。我在燈光下轉了一圈又一圈，讓奶奶從各個角度查看，還舉起雙手讓爺爺檢查袖子。我們全部人都摸摸外套，感受柔軟滑順的觸感。懷恩先生高興到哭了。

我穿著新外套吃晚餐，很小心不要讓嘴裡的東西掉到上面。我本來還想穿著睡覺，但奶奶說這樣會把外套弄皺。她幫我把外套掛在床架上，這樣我轉個頭就能看到。月光穿透了房間窗戶，讓它看起來比剛才更加閃亮。

我躺在床上，雙眼盯著新外套，決定從今以後不管是去教堂或是市鎮都要穿上它。搞不好送貨去路口小店時也能穿。說不定我越常穿它。懷恩先生所背負的罪孽就越少。

懷恩先生睡在起居室地板的一張草墊上，就在我們房間對面，狗廊的另一側。我說他可以睡我的床，因為我很喜歡睡在草墊上，但他堅持不要。

那天晚上，我躺在床上時忍不住想，雖然我幫了懷恩先生一個大忙，但還是應該跟他道謝才行，因為是他送我這件黃色外套。我爬下床，躡手躡腳地走過狗廊，輕聲打開起居室的門，發現懷恩先生正頭低低跪在草墊上，我猜他應該是在禱告。

他正向上帝述說著，感謝有個小男孩替他帶來了莫大的快樂；我想他說的應該是大海另一端的曾孫吧。他點亮了餐桌上的蠟燭。我靜靜地站在那，因為奶奶說別人在禱告時千萬不能出聲打擾。

片刻後，懷恩先生抬頭看到我。他請我進去，我問他為什麼要點蠟燭呢，可以用煤油燈啊。

懷恩先生說他的親戚全都在大海的另一端。他說只有一個方法能跟他們團聚，那就是在特定的時間，和他們一起點燃燭光，那麼他們的內心就能相聚了。我覺得這聽起來很棒。我告訴他我們有些親戚住在遙遠的祖國，但沒想到可以用這樣的方法跟他們團圓。我也跟他說了柳樹約翰的故事。

我說我要告訴柳樹約翰燭光可以將我們凝聚在一起。懷恩先生說他一定可以明白這點的。結果講了這麼多，我完全把要道謝的事情忘得一乾二淨。

隔天一早懷恩先生就離開了。我們扶著他走過獨木橋。爺爺替他做了一根胡桃木手杖，這樣他走路就不用那麼吃力了。

他拄著拐杖，被背上的架子壓得彎下腰，慢慢走下了小徑。一直到他消失在視線中我才想起來忘了道謝。我朝著他離去的方向跑去，但他已經走遠了。我只好大喊：「謝謝您的黃色外套，懷恩先生！」他沒有回頭，想必是沒有聽見。懷恩先生不只是記憶力衰退，聽力也大不如前。回家的路上我一直在想，既然他常常忘記事情，那麼應該也能理解我是不小心忘記向他道謝吧。

不過我還是幫了他一個大忙——穿上這件黃色外套。

18 暫別山林

這年秋天提早向山林報到。山頂的樹木最先感受到秋霜的渲染，紅黃相間的葉片們隨著清新的秋風在藍天中恣意搖擺。琥珀色的斜陽穿透樹梢，也將山谷染了滿地的橙紅色。

每個早晨，秋霜都盡責地一步步朝山腳邁進。這個時節羞怯的冰霜，寒冷卻不刺骨，僅是用來點醒人們夏日已離去，就如逝去的時間一般不會回頭；也警醒人們寂寥的冬天正步步進逼。

秋天在四季當中扮演著優雅的角色，讓你得以為冬日的衰敗凋零做好萬全準備。準備就緒後，你將計劃好自己未來必須做的事情……以及那些有待完成的任務。秋天也是緬懷與懊悔的季節……想起那些該做卻遺漏的事情、那些不曾說出口的話，令我們在秋風中感嘆惋惜。

我真希望自己沒有忘記跟懷恩先生道謝。這個月他沒有出現。傍晚時我們一起坐在前廊望著山谷的小徑，耳朵仔細聆聽，但仍舊沒有他的蹤影。我和爺爺決定到鎮上找他。

秋霜輕拂過山谷，觸感溫柔輕盈，我們幾乎沒有察覺。冰涼的霜將柿子樹染了一片嫣紅，也替楓樹與白楊樹的葉片鑲上一圈金邊。預備在山中過冬的動物們努力儲存食物，以免在嚴冬中斷糧餓死。

排成長長一列的冠藍鴉在橡樹頂上來來回回飛舞，辛勤地將橡實帶回巢中。牠們正忙得不可開交，沒空嬉戲或歌唱。

最後一隻蝴蝶飛入山谷。牠停在我跟爺爺收割完成的玉米稈上歇息。牠沒有拍動翅膀，只是靜靜地坐著，好像正等待著什麼。牠不需要囤糧，因為牠已飛入臨終之際，自己也知道即將不久於世。爺爺說這隻蝴蝶比多數人都要有智慧。面對生命的終點，牠也絲毫不煩躁。牠知道自己已達成了活在這世界上的目的，現在該做的就是慢慢死去。因此，牠沐浴在最後一絲溫暖的日光下，等待最終時刻的來臨。

我和爺爺撿了壁爐和爐灶的柴火，爺爺說整個夏天我們都跟蚱蜢一樣跳上跳下玩耍，現在該為過冬做準備了。夏天確實是個玩耍的好季節。

我們把枯掉的樹幹和樹枝從山邊拖到空地。爺爺的斧頭反射著傍晚的夕陽，劈柴的聲響在山谷間迴盪不止。我負責把爐灶要用的木片放進廚房的箱子裡，然後把壁爐需要的柴薪整齊地靠在牆上。

我們正忙著幹活時，政客來了。他們聲稱自己不是政客，但明明就是。總共有兩個人，一男一女。

他們沒有坐在我們招待的搖椅上，而是坐上了直背椅。那男人穿了一身灰西裝，女人則是同個顏色的連身裙。那件連身裙繞頸的繫帶非常緊，難怪她看起來非常不舒服的樣子。那男人的坐姿像女人一樣，雙膝緊緊併攏。他把帽子摘下放在膝蓋上，不斷用手轉動它，整個人緊張兮兮的樣子。不過那女的倒是很鎮定。

那個女人要我離開房間，但爺爺說我有權知道所有事情，沒有必要迴避。所以我坐在自己的小搖椅上，一前一後搖擺聽他們談事情。

那男人清了清喉嚨，說人們很關心我的教育問題。他說這件事應該要好好規劃一下。爺爺也同意這點，他告訴那兩人懷恩先生之前說的話。

那女人問起懷恩先生是誰，爺爺跟她說了有關懷恩先生的所有事情——但沒有提到老是忘東忘西這個毛病。那女人聽了後皺了一下鼻子，還用手拍了拍自己的裙擺，好像懷恩先生躲在底下似的。

我馬上就看出來，她很瞧不起懷恩先生，也同樣看不起我們。她遞給爺爺一張紙，爺爺又把那張紙遞給奶奶。

奶奶點了燈，坐在餐桌邊唸出紙上的內容。一開始她唸得很大聲，但唸著唸著，後來的內容只有她自己聽得見。她讀完後起身並彎下腰，吹熄了眼前的燈火。

政客們知道這動作代表的是什麼意思。我也知道。他們在昏暗的光線中跌跌撞撞地踏出門，連一句再見也沒說。

他們離開後，我們在黑暗中靜默了好長一段時間。奶奶再次點燈，我們三人圍坐在餐桌邊。我看不到那張紙上到底寫了些什麼，因為我的頭才剛剛好超過桌子的高度而已，但奶奶把它唸給我們聽。

那張紙上說，有人向官人舉報，說我在這裡沒有獲得應有的照顧，說爺爺和奶奶沒有權利撫養我，因為他們年紀大了且沒受過教育。那張紙上還寫道，奶奶是純種印地安人，爺爺有部分印地安人的血統，甚至更說了，爺爺的名聲非常糟糕。

那上面寫說爺爺奶奶很自私，會對我往後的生活產生不良影響。之所以說他們自私，是因為他們收養我只是為了讓我可以服侍他們的晚年，讓我得以代替他們外出工作。

那上頭還提到了我的事，但奶奶唸得很小聲。它說爺爺奶奶有幾天的時間，可以到法院解釋這一切，否則我就得被送去孤兒院。

爺爺整個人都傻了。他顫抖著雙手把帽子摘下放到桌上。他無能為力，只是坐在那兒雙眼緊盯著自己的帽子，且不住用手揉捏。

我坐回壁爐邊自己的小搖椅上前後搖動。我告訴爺爺奶奶，我可以每個禮拜都從字典裡學十個新的單字，搞不好還可以更多——或許一百個吧。我正在學習閱讀，我說我可以加倍學習，讓速度更快。我也提醒他們懷恩先生說我的算術很厲害。雖然那些政客們根本不把懷恩先生放在眼裡，但仍可以證明我一直在進步。

我滔滔不絕地說著，完全無法閉上嘴巴。我搖晃地越來越大力，說話速度也越來越快。我告訴爺爺，我的生活一點也沒有受到阻礙；我覺得自己在每件事情上學到的東西比任何人都要來得多。爺爺一點回應也沒有。奶奶只是緊握著那張紙出神。

他們或許在想，自己是不是真的如紙上說的那般自私。但我不斷強調那不是真的。事實完全相反，被服侍的人是我才對，我才是那個帶來一堆麻煩的人。我告訴爺爺是我拖累了他們，而不是他們拖累我。我還說了，我準備要把這一切都告訴官人。但他們仍舊是沉默不語。

我說在做生意這方面，我也進步了不少。我告訴爺爺我肯定是這個年齡的孩子中唯一一個懂得買賣生意的。

爺爺這才看向我，但他的眼神好空洞。他說那些官人們的德性一點也沒變，我們最好不要提到買賣這件事。

我走去坐在爺爺腿上。我告訴他和奶奶，我是絕對不會跟那些人走的，我可以躲到山裡，跟柳樹約翰待在一塊，直到那些官人們把整件事忘得一乾二淨為止。我還問了奶奶孤兒院是什麼意思。

桌子另一頭的奶奶望著我，雙眼滿是落寞。她說孤兒院是那些沒有父母的孩子住的地方，那裡頭住有非常多小朋友。她也說了，官人們會隨時回來檢查我在不在，或是有沒有在柳樹約翰那兒。

我才突然想到，要是他們回來檢查，那麼我跟爺爺的蒸餾器就有可能被發現。我再也沒有提起柳樹約翰。

爺爺說明天一早我們就去鎮上找懷恩先生。

隔天才剛破曉，我們就踏上了山谷的小徑。爺爺帶了那張紙要給懷恩先生看看。他知道懷恩先生住在哪。抵達市鎮後，我們拐進一條小巷子，懷恩先生就住在一間飼料店的樓上。我們爬上架設在店面側邊的樓梯，結果發現他家的門是鎖住的。爺爺轉了轉門把、敲了敲門，但裡頭一點回應也沒有。窗戶上積了很厚一層灰塵，爺爺伸手把它抹掉，朝裡頭望去。他說裡面空空如也。

我們只好又慢慢爬下階梯。我跟著爺爺來到飼料店門口，推門走了進去。少了外頭正午的陽光，店裡面顯得非常昏暗。我和爺爺過了好一會兒，雙眼才適應裡頭的黑暗。原來有個男人站在櫃臺旁邊。

「您好，」他打招呼，「需要什麼嗎？」他的大肚子垂下蓋住了腰上的皮帶。

「您好，」爺爺說，「我們要找懷恩先生，就是住在樓上的那位。」

「他不叫懷恩先生。」那男人回答，手忙著將嘴裡的牙籤挪來挪去。他吸了吸那根牙籤，拿出來後皺了一下眉頭，好像那牙籤嚐起來很難吃一樣。

「事實上，」他接著說，「他再也不需要名字了，因為他死了。」

我跟爺爺嚇了好大一跳，一句話也說不出來。我覺得整個人彷彿被掏空，膝蓋也突然發軟。我本來期望懷恩先生能幫忙解決這個困境的；我想爺爺應該也是這麼想才對，因為他聽到這個消息後，頓時不知道該如何是好。

「你是威爾斯吧？」胖男人問。

「是的。」爺爺說。那個胖男人繞到櫃檯後方，從底下拉出一個麻袋。他把袋子扛到檯面上，看來裡頭裝了不少東西。

「那位老先生留了這些要給你，」他說，「看，標籤上寫有你的名字。」雖然爺爺不識字，但還是盯著那個標籤看。

「他替每樣東西都貼了標籤，」胖男人繼續說，「他應該知道自己命不久矣。他甚至還在自己手腕上綁了標籤，說明自己的遺體要用船運到何處。他連運費多少錢都曉得……已經把錢都放進信封袋裡了……一分錢都不差。他未免也太小氣，一毛錢沒留下。真是個該死的猶太人。」

爺爺抬起頭，帽簷下露出嚴厲的神情。「他沒欠你什麼吧？」

那個胖男人緊張地趕緊解釋：「噢……沒有……當然沒有，我無意冒犯，我根本不認識他。事實上沒幾個人認識他。他大多時間都在山裡遊蕩。」

爺爺把麻袋往肩上一甩。「可以告訴我哪裡有律師嗎？」胖男人手指著對街。「就在您眼前呀，從那兩棟房子中間的樓梯走上去。」

「謝謝。」爺爺說。我們隨即往門口走去。

「有趣的傢伙，」胖男人在我們身後說道，「那個老猶太人，我們發現他的時候，唯一沒有貼標籤的東西是一根蠟燭。那個傻子點燃蠟燭，就讓火在那邊一直燒著。」

我知道蠟燭的含意，但我什麼也沒說。我也知道關於金錢的分配，懷恩先生不是小氣，而是節儉，把該付的錢都付清了之後，剩下的就要花在正確的事物上。

我們走到對街，爬上樓梯，爺爺扛著那個大袋子。他敲了敲門，那扇門上鑲著玻璃，玻璃上刻有幾個字。

「來了來了……！」那聲音聽起來彷彿我們不應該敲門。門打開後我們走進去。有個男人坐在桌子後面，向後靠在椅背上。他看起來年紀很大，頭髮都花白了。他一看到我們便緩慢地站起身子。爺爺摘下帽子，把袋子放到地上。那位律師倚靠在桌邊，伸出一隻手，「我的名字叫泰勒，」他說，「喬．泰勒。」

「威爾斯。」爺爺也自我介紹。他握住那位律師的手，但沒有搖動。鬆手後他把那張紙遞給泰勒先生。

泰勒先生坐回椅子上，從背心口袋拿出一副眼鏡，身體靠向桌子閱讀起那張紙。我看見他皺眉。他花了好長一段時間閱讀。

終於讀完後，他小心地把紙摺好還給爺爺。他抬起頭說：「你曾經因為釀造威士忌而坐牢？」

「一次。」爺爺回答。

泰勒先生起身，走到一面很大的窗戶前。他注視著底下的街道好一會兒，然後嘆了口氣，目光仍舊對著街道說：「我可以收你的錢，但是這樣一點幫助也沒有。負責這件事的政府機關一點也不了解山民們的處境。別妄想他們理解。我不認為那些雜種有能力明白這些事情。」他看著窗外的遠方，咳了一下繼續說，「受害者不只有印地安人，我們也是。他們肯定會把男孩帶走的。」

爺爺戴上帽子。他從褲子前方的口袋取出錢包，翻找了一下後掏出一塊錢放在泰勒先生的桌上。然後我們就離開了。泰勒先生沒有回頭，仍舊盯著窗外。

離開市鎮後，扛著麻袋的爺爺一路向前走。懷恩先生死了。看來我們只能低頭認輸了。這是頭一回我能夠輕鬆趕上爺爺的腳步。今天他走得很慢，鹿皮靴子在泥地上拖行，我想他應該是累了。走上山谷的小徑後我問他：「爺爺，什麼是該死的猶太人？」

爺爺停下腳步，但依然背對著我。他的聲音裡滿是疲憊。「我不知道，但是聖經裡好像有寫到他們，那是很久以前的事了。」他轉過身來接著說：「就跟印地安人一樣……他們也沒有屬於自己的國家。」爺爺俯瞰著我，眼神如柳樹約翰的雙眼一樣空洞。

回到小屋後，奶奶點了燈，我們一起在餐桌邊打開麻袋。裡頭有好幾匹給奶奶的布料，有紅色的，也有黃綠相間的；縫針、頂針、線軸和絲線等工具也在裡頭。我跟奶奶說懷恩先生大概是把背架裡的東西全裝進這個袋子裡了。她也是這麼想的。

給爺爺的則是各式各樣的工具。裡頭還有幾本書，其中有本算術練習本和一本黑色封面的小書，奶奶說我可以從這本小書裡學到很多寶貴的箴言。還有一本書裡頭有男孩、女孩和小狗的插畫，旁邊配有幾段文字。這本書很新，封面閃閃發亮。我想懷恩先生原本應該是打算下次上山時帶來送我，如果他沒忘記的話。我們以為袋子裡的東西就是這些了。

爺爺把空袋子放到地上的時候，裡頭突然發出一陣聲響。爺爺又把袋子打開，結果最先從裡面滾出來的是一顆紅蘋果。這是頭一回懷恩先生沒有忘記他的蘋果。然後又有一個東西跟著掉出來，奶奶把它撿起，那是一根蠟燭，上頭貼有懷恩先生的標籤。奶奶唸出標籤上的字：柳樹約翰。

那天晚餐我們吃得不多。爺爺講起在市鎮發生的一切；關於懷恩先生還有那位泰勒先生所說的話。

奶奶吹熄了煤油燈，我們三人坐在沒有生火的壁爐前，房裡唯一的光源是一彎新月穿透窗子的白光。我坐在搖椅上搖動著。

我告訴爺爺奶奶不必傷心。我說了搞不好我會很喜歡孤兒院，因為那裡有很多小朋友。且搞不好過沒多久，那些官人們滿意後我就可以回家了。

奶奶說我們只剩三天的時間，然後官人就會來把我帶走。我們都沉默了。我不知道該說些什麼。我們三人都輕輕搖晃著自己的搖椅，嘎吱的聲響傳入了深幽的黑夜中。我們再也沒有開口說話。

躺上床後我哭了。這是媽媽去世後我第一次哭泣，但我把毯子塞進嘴巴，不讓哭聲傳到爺爺奶奶房裡。

剩下的那三天，我們設法把生活過得非常充實。奶奶跟我和爺爺散步到各處，走上狹道來到懸空裂口。我們也帶上了鬱悶男孩和其他獵犬。有一天天都還沒亮，我們就踏上了高山上的小徑。我們一起坐在山頂，看著第一道晨曦照亮天空。我還告訴爺爺奶奶我的祕密基地在哪裡。

奶奶在每道菜裡都加了糖。我跟爺爺吃了好多玉米餅乾。

離家的前一天，我偷偷走上岔路去十字路口的小店。喬金斯先生說那個紅綠相間的盒子已經很舊了，所以只賣我六十五分錢。我買了。我還買了一盒紅色拐杖糖要送爺爺，花了二十五美分。瓊克先生給我的一塊錢美金還剩下一美分。

那天晚上爺爺幫我剪頭髮。他說一定得剪，因為長頭髮讓我看起來很像印地安人，這樣會招來很多麻煩。我告訴他我一點也不在乎，本來的長髮讓我的模樣就快跟柳樹約翰一樣了呢。

我也不能穿鹿皮靴子。爺爺替我把原本的舊鞋子撐開。他在鞋裡放了一塊鐵片，用力敲打後把鞋面和鞋底拆開。我的腳長大了不少。

我告訴奶奶我要把鹿皮靴子放在床下，因為搞不好過沒幾天我就回來了，不必大費周章收起來。我把鹿皮襯衫放在床上，我告訴奶奶這樣在我回來之前，就沒有人會睡在這張床上了。

我偷偷把那個紅綠相間的糖果盒放進奶奶的食品儲藏箱裡，過個一兩天她應該就會看到了；給爺爺的那盒紅色拐杖糖我藏在他西裝外套的口袋裡，禮拜天他就會發現了。我只有拿出一兩根試吃一下，味道非常棒。

奶奶不打算一起到鎮上。爺爺在空地等我，她則跪在門廊前緊緊擁抱我，就像擁抱柳樹約翰那樣。我也回抱著她。我忍住不哭，但還是難過地掉了幾滴淚。我穿著我的舊鞋子，腳趾稍微撐開一點就會很痛。我穿上了我最好的連身工作服以及白襯衫，還有那件黃色外套。我有兩個麻袋，裡頭有奶奶替我準備的另外兩件襯衫、連身服和幾雙襪子。這些就是我全部的行李了，因為我知道我會再回來的。我告訴奶奶我一定會回來。

奶奶跪在地上對我說：「你還記得天狼星嗎，小樹？那顆黃昏時我們一起觀看的星星？」我說我記得。奶奶接著告訴我：「不論你在哪裡——不管是哪裡——黃昏的時候，你都可以看到天狼星。我跟爺爺也會陪著你一起觀星的。我們不會忘記的。」我要奶奶放心，我不會忘記的。天狼星就像懷恩先生的蠟燭一樣。我問奶奶能不能也請柳樹約翰一起觀星，她說可以。

奶奶摟著我的肩膀，雙眼注視著我。她說：「切羅基人見證了你父親和母親的結合。你會好好記著這點嗎，小樹？不論其他人怎麼說……千萬要記得。」

我說我會的，奶奶便放開了我的肩膀。我拿起麻袋，跟著爺爺走出空地。走過獨木橋後，我回頭看了看，奶奶仍站在門廊前，注視著我們的離去。她舉起手放上左胸口，然後將那隻手朝我推送過來。我明白她的意思。

爺爺身穿他的黑色西裝，還有那雙皮鞋。我們兩人都拖著緩慢的腳步往前走。走出山谷的路上，低垂的松枝不住搖擺，從旁擁抱了我的雙臂。另外還有一棵橡樹朝我伸出樹枝，把我的麻袋給拉下肩膀。一叢柿子樹捉住了我的腿。溪澗的水流變得無比湍急，水花四濺，有隻不斷鳴叫的烏鴉從我們頭頂飛過……最後停在高高的樹頂上，一聲又一聲地嘎嘎叫著。他們全部都在說：「別走，小樹……別走，小樹……」我知道那些枝葉窸窣、水花淅瀝，還有刺耳鳥鳴，都是在求我留下來。我的眼眶盈滿淚水，眼前的道路變得模糊不清，但我只能繼續踉蹌地往前走。風兒也開始嗚咽啜泣，掀起了我的黃色外套的下擺。凋萎的野薔薇叢爬滿小徑，纏上了我的雙腳。有隻哀鴿放聲哭泣，那是一聲深長又寂寥的哀鳴——但是沒有人回應牠，所以我知道牠的哀歌是為我而唱。

我跟爺爺好不容易才走出了山谷。

我們坐在公車亭的長椅上等待。我把麻袋放在大腿上。我們等待的是準備與我們會面的官人。

我跟爺爺說，沒有我的幫忙，威士忌事業他一個人不知道忙不忙得過來。爺爺說那肯定會很辛苦，工時會增加一倍。我告訴爺爺搞不好我很快就能回來了，他就不需要工作這麼久了。他也覺得很有可能。接著我們倆就沒有聊別的話題了。

牆上的鐘滴滴答答地走著，我學會怎麼看時鐘了，便告訴爺爺現在是幾點幾分。這時公車站裡沒什麼人，只有一男一女。現在經濟不景氣，爺爺說，人們不再花錢搭交通工具了。確實如此。

我問爺爺，走到孤兒院的距離是不是跟進入山裡一樣遙遠。爺爺說他也不知道。他從沒去過那裡。我們又繼續等了一段時間。

一個女人走了進來，我認得她，就是那天穿灰色連身裙的那位。她直接走向我們，將幾張紙遞給站起身來的爺爺。爺爺將那些紙塞進口袋裡。那女人說公車已經等在外頭了，又說：「我們現在最好別惹麻煩。趕快聽命行事吧，快點把該辦的事情辦一辦，這樣對大家都好。」

我完全聽不懂那女人在說些什麼。爺爺也是一頭霧水。她一副公事公辦的樣子，從包裡拿出一條繩子套在我脖子上。那條繩子繫著一個上頭有寫字的名牌，跟懷恩先生的標籤很像。我和爺爺跟著那女人走向停在外頭的公車。

我把麻袋扛在肩上。爺爺跪在敞開的車門前，像擁抱柳樹約翰那樣摟著我。他抱著我良久，雙膝就著麼緊緊壓在馬路上。我小聲對他說：「我會回來的，馬上就回來！」爺爺聽了又把我摟得更緊些。

那女人說：「該走了。」我不知道她到底是在跟我，還是跟爺爺說話。爺爺站起身來，頭也不回地離開了。

那女人牽著我走上公車的臺階，但其實我可以自己走。她要公車司機閱讀掛在我脖子上的名牌，所以我就站在那兒等他看完。

我告訴司機我沒有車票，且也沒有錢買，不確定這樣還能不能上車。他笑著說那女人已經替我買好票了。公車上總共只有三個人。我走到車廂後頭，在窗邊的位子坐了下來，心想搞不好可以看到爺爺。

公車發動駛離車站。我看到那個穿灰色裙子的女人監督著車子離開。公車開上街道，一路上我都沒有看見爺爺的身影。突然他出現了，原來他就站在車站旁的街角。他把帽簷壓得低低的，雙手垂在身體兩側。

車子就這樣開過爺爺站立的位置，我試著要把窗戶打開，但不知道該怎麼做。我朝爺爺揮手，但是他沒有看見。

公車遠離街角後，我跑向車廂最後面，從窗戶往外看。爺爺還站在原地，雙眼看著這個方向。我舉起手一邊揮舞一邊大喊：「再見了，爺爺！我很快就會回來的！」但他沒有看見。我見狀又接著大喊了幾聲：「我馬上就回來，爺爺！」他仍舊只是站在那，沒有聽見或看見我。夕陽下他的身影越來越小、越來越小。他的肩膀無精打采地垂著。爺爺看起來老了好多。

19 天狼星

當你不知道自己正前往何方，那麼那個目的地肯定很遙遠。沒有人告訴我我到底要去哪，爺爺也不知道。

我的視線被前方的椅背擋住，只好轉頭看著窗外；剛開始有成排的房屋和樹木在我眼前一閃而過，後來就只剩下樹林的黑影。夜色降臨了，我再也看不見外頭的東西。

我朝走道探出頭，看見了前方的道路在車燈的照耀下發出光芒。看起來我們還在同一條路上。

我們在鎮上的某個公車站停留了好長一段時間，但我完全沒有離開座位。我覺得待在這裡比較安全。

再度上路後，窗外沒有任何好看的景色。我把麻袋放在大腿上，因為它讓我感覺爺爺奶奶就在身邊。袋子聞起來有鬱悶男孩的味道。然後我不知不覺進入了夢鄉。

公車司機叫醒我。天亮了，外頭正下著毛毛雨。我們已經抵達孤兒院外頭，下車後，有位滿頭白髮的女士撐著傘站在那兒等我。

她穿著一件長度及地的黑色連身裙，有點像是那個穿灰色裙子的女士，但其實是不同人。她一句話也沒說，一看見我就彎下腰來查看我的名牌。接著她朝公車司機點點頭，司機便關上車門離開了。這位女士挺直身體，皺緊眉頭長達一分鐘之久，才接著嘆了口氣對我說：「跟我來。」她腳步緩慢，帶領我走過一扇鐵製的大門。我把痲袋扛在肩上，緊跟在她身後。

大門兩側種滿榆樹，我們走過之時樹木們發出了窸窸窣窣的耳語聲。那位女士完全沒有留意兩旁的聲響，但我確實聽到了。榆樹們已經聽說過我的事情了。

我們穿過一個偌大的庭院，朝著前方的建築物前進。我很容易就可以追上她的腳步。抵達建築物門口後，那位女士站著不動。「你準備要見到的是牧師大人，」她說，「保持安靜，不許哭鬧，要有禮貌。你可以說話，但只有在牧師大人問你話時才能開口。聽懂了嗎？」我回答說我知道了。

她又帶著我走過一道黑漆漆的長廊，最後進入一間房間。牧師大人就坐在書桌後方。

他沒有抬頭。那位女士要我坐上桌前的直背椅，然後就輕手輕腳地離開了。坐下後我把麻袋放在大腿上。

牧師大人正在忙著閱讀一堆文件。他的臉頰透出粉紅色的光澤，看起來他似乎洗臉洗得非常賣力，因為皮膚看起來非常光滑。他頭頂上一根頭髮也沒有，倒是耳鬢邊有一些。

牆上有面時鐘，我知道現在是幾點，但只是在心裡默唸。我可以看到雨水打在牧師大人身後的窗玻璃上，涔涔往下流。牧師大人終於抬起頭來。

「腳不要晃來晃去！」他說。他很兇，我立刻聽話不亂動。

他又低頭繼續看手上的文件。突然間他又放下那堆紙，拿起一枝鉛筆不斷轉動。接著他兩手手肘抵在桌上，身子往前傾向我。因為我太矮了，他幾乎看不到我。

「現在經濟不景氣，」他皺緊眉頭對我說，看起來彷彿自己也是受害者，「國家沒有多餘的錢應付這些問題，是我們這個教會同意收留你——雖然並不是個很好的決定，但我們還是選擇這麼做。」

我開始覺得這個教會真是討厭，把我的生活整個都搞砸了。但我什麼也沒說，因為他沒有問我問題。

他一直轉動手上的鉛筆。那枝鉛筆削得很尖，沒有遵守「節儉」的削法。我猜這位牧師大人搞不好很會亂花錢，但卻裝得一副很節儉的模樣。他又開口了：「我們有間學校，你可以去那兒上課。你會被分派一些簡單的工作，那裡的每個學生都要負責自己的工作；一開始你可能會不太適應。你必須遵守規定。要是違規了，就得接受懲罰。」說到這兒他咳了一聲，然後才繼續：「我們這裡沒有印地安人，純種或是混血都沒有。而且呢，你母親和父親並沒有結婚，所以你是我們這裡收留的第一個私生子。」

我告訴他奶奶叮囑我的話：我的父母在切羅基人的見證下共結連理。他說切羅基人無法代表任何事，且他並沒有問我問題。確實是沒有。

然後他突然很激動地說起這整件事。他氣到站起來，說他們教會信奉的教條就是要仁慈對待他人，動物們也不例外。

他說我不必上教堂也不必參加傍晚的禮拜，因為根據聖經上的指示，私生子是無論如何也不會獲得救贖的。他說我可以去旁聽，但只能安靜地坐在最後面，不許參與任何儀式。

我一點也不在乎能不能上教堂，因為我跟爺爺老早就放棄這檔事了，沒有任何宗教信仰才是最明智的選擇。

他又說道，桌上那堆文件上頭明確表明，爺爺不具有撫養孩子的條件，我肯定沒有受過正規的教育。我確實是沒有上過學。他還提到爺爺曾經坐牢這件事。

我告訴他有次我差點就被抓去吊死了。他立刻停止轉動鉛筆。「你說什麼？」他大叫。

我跟他說了上回差點被那些官人抓到，最後驚險逃脫的故事。我告訴他我沒被吊死都是獵犬們的功勞。但我跳過了蒸餾器的部分，否則我和爺爺可能會因此失業。

他直接坐在桌上，雙手掩面的樣子像是在哭。他一邊說話一邊不停搖頭。「我知道這樣做不對。」他這麼說，且重複了兩三次。但我不太確定他指的是哪件事情。

他在桌上坐了好一會兒，臉埋在手掌間不斷揉搓。我覺得他應該真的哭了。我突然也覺得這整件事情真的是糟透了，且很抱歉讓他聽了我差點被吊死的經過。過了好長一段時間，我們都維持同樣的動作。

我安慰他別哭。我說我完全沒有受傷，也從來沒有為此事生氣過。然而林克卻死了。都是我害的。

他突然抬起頭大吼：「閉嘴！我沒有問你問題！」這話倒是沒錯。他拿起桌上那堆文件。「我來看看……或許上帝會幫忙。我想你應該要去少年感化院。」他說。

他搖了搖桌上的一個小鈴鐺，那位女士倏地出現。看來她一直都站在房間外。

那位女士叫我跟她走。我把麻袋甩上肩膀說：「謝謝您。」但我沒有叫他牧師大人。就算我是個本就該下地獄的私生子，但在「牧師大人」和「先生」的紛爭結束之前，最好還是不要輕易開口，我可不想提早去地獄報到。就像爺爺說的，如果沒人逼你，就沒必要冒這個風險。

我們離開房間的時候，外頭突然一陣狂風吹得窗戶嘎吱作響。那位女士突然停步看向窗外，牧師大人同樣也看著外面。我知道這陣風來自山上，正向我傳遞消息。

我的床位在房間的角落，除了另一張床外，其他全部的床都離得遠遠的。這房間很大，總共住有二十或三十個男孩。他們大多比我年長。

我負責每天早上和傍晚把房間掃乾淨。這工作很輕鬆，但要是床底下沒有掃乾淨，那位女士就會叫我重掃。我常常被要求重新掃一遍。

韋伯恩睡在緊挨著我的那張床上。他比我大好幾歲，我想應該是十一歲左右，結果原來是十二歲。他又高又瘦，臉上滿是雀斑。他說應該沒有人會領養他，可能得在這裡住到十八歲。但韋伯恩說他根本就不在乎，等到他一離開孤兒院，就要放火把這裡夷為平地。

韋伯恩天生馬蹄內翻足。他的右腳嚴重向內彎，導致他在走路的時候，右腳腳趾會刮到左腳，且向內彎曲的那隻腳沒法踩在地面，看起來比較像是在跳躍。

我跟韋伯恩都不會參與院子裡的活動。他沒法跑，而我太小了，不知道遊戲規則。韋伯恩說他一點也不在乎這些。他說那不過都是些嬰兒在玩的遊戲。我也這麼認為。

其他人在玩樂時，我跟韋伯恩就一起坐在院子角落的橡樹下。有時候球滾到院子外，我就會幫忙跑去撿，扔回來給其他人。我丟球的技術可好了。

我會跟那棵橡樹交談，但韋伯恩不知道這回事，因為我並不需要開口。那棵橡樹很老了，每當寒風吹起，枝頭上負責說話的葉片就會被大量吹落，但她仍能用自己光禿的手指與我談心。

她說她睏了，但仍須打起精神，將我的消息傳遞給山上的群樹。她說她藉由這陣風傳遞音訊。我請她也幫我把消息帶給柳樹約翰。她說她會的。

我在樹下找到一顆藍色彈珠。這顆珠子是透明的，把它湊近眼前，閉上另一隻眼，整個世界就會變成一片湛藍。是韋伯恩告訴我這叫彈珠的，我以前從來沒有看過。

他說彈珠不是拿來看世界的，而是要往地上丟；但要是我把彈珠扔到地上，就會被其他人撿走了，因為我就是這麼撿到的。

韋伯恩說，誰撿到就是誰的，搞丟的人只有哭的份；反正最後他們一樣都會下地獄。我默默地把彈珠放進麻袋裡。

每過一段時間，所有男孩就必須在辦公室外的大廳排成一列，會有許多男男女女來尋找適合領養的人選。滿頭白髮的那位女士說我不必排隊，所以我沒有一起進去。

我站在大廳門口看著，知道哪些人被選上了。那些男女會站在某個男孩面前跟他交談，接著一起走入辦公室。從來沒有人停下來跟韋伯恩說話。

韋伯恩嘴上說不在乎，但其實心裡很在意。每次一到排隊的時候，他就會換上乾淨的襯衫和連身工作服。我都注意到了。

隊伍中的他總是對每個進來的人露出笑容，還會把彎曲的那隻腳藏在另一隻腳後面。但仍舊沒人跟他講話。每個排隊日的晚上，韋伯恩都會尿床。他說他是故意的。他說他這麼做是為了讓那些人看到他對這些該死的認養大會的看法。

只要他尿床，隔天白髮女士就會叫他把床單和毯子搬到太陽底下曬。韋伯恩說沒關係，要是那些人一直找他麻煩，那他就天天尿床給他們看。

韋伯恩問我長大後要做些什麼。我說我將會是個印地安人，像爺爺和柳樹約翰那樣定居在山林中。韋伯恩說他要去搶銀行和孤兒院，且只要知道錢是放在哪兒，那麼教堂他也不會放過。他說，他有可能會殺了那些經營銀行和孤兒院的人，但他是不會殺我的。

到了晚上，韋伯恩會把毯子塞進嘴裡偷偷哭泣，我想他應該不希望別人知道這件事，所以我都假裝沒聽到。我告訴韋伯恩說，離開孤兒院後他就可以去動手術，讓右腳恢復正常。我還把藍色彈珠送給他了。

教堂的禮拜在傍晚舉行，就在晚餐時間之前。我沒有去教堂，也沒有吃晚餐。這樣我就有機會觀看天狼星。房間中央有扇窗戶，可以清楚地看見天狼星。星星在傍晚時分悄悄升起，閃爍著微弱光芒，隨著天色越來越暗，星光也越來越耀眼。

我知道爺爺奶奶也正抬頭望著天狼星，柳樹約翰也是。每個傍晚我都挨在窗前一個鐘頭，全神貫注地觀星。我告訴韋伯恩，如果他哪天不想吃晚餐，也可以跟我一起觀星。但是他必須上教堂，也無法不吃晚餐，所以他從來沒見過天狼星。

一開始觀星的時候，我會試著回想白天發生的事情，但後來我發現其實沒有這個必要。我只須看著星星就好了。我知道爺爺就坐在山頂上，藉由星光傳達對我的思念，然後望著旭日東昇，炙熱的陽光在冰晶之中折射出璀璨的金光。我可以清楚地聽到他說：「她活過來了！」而站在窗邊的我會回應他：「是啊，爺爺，她活過來了！」

有了天狼星的幫忙，我再次跟爺爺帶著鬱悶男孩、小紅、里皮和老毛德一起去獵狐。我們嘲笑里皮的行為笑到都站不直了。

奶奶也捎來了她的思念。我們一起去採集植物根；我看見她不小心把糖灑進玉米餅裡；還有那次我跟爺爺跪在玉米田裡對著老山姆學騾子叫被她撞見的經過。

她還告訴了我我的祕密基地的情況。入秋後樹葉都掉了，滿地都是棕褐、鏽紅還有橙黃的葉片。艷紅色的漆樹將我的基地團團包圍，像極了一圈火炬，禁止外人進入。

柳樹約翰帶我去高地上看看那裡的鹿。我們聊到那次我把牛蛙偷偷放進他的外套口袋裡，這段回憶讓我們大笑不止。柳樹約翰捎來的畫面漸漸模糊，因為他正煩憂著某一件事。他快瘋了。

每天我都會觀察雲層和太陽。如果是陰天，當晚就看不到天狼星。那麼我就會站在窗邊，聆聽風兒呼嘯的聲音。

我被安排進入學校的其中一班。那邊教的算術我已經會了，懷恩先生以前就教過我。我的老師是一位高大肥胖的女士，她管得很嚴，絲毫不容許任何愚蠢的行為。

有一次她給我們看一張圖片，圖片裡是一群從溪澗裡爬出來的鹿。牠們交疊在一起看似急欲逃離溪水。她問有沒有人知道那些鹿在做什麼。

有個男孩說那群鹿正被獵人追捕，所以倉皇逃離。另一個男孩說牠們不喜歡水，所以才這麼緊張。老師說他答對了。聽到這，我忍不住舉起手。

我一看到那圖片就知道那些鹿是在交配，雄鹿正騎在母鹿背上；除此之外，我可以從一旁的灌木叢和樹木判斷出這時正好是交配的季節。

胖女士被我的發言嚇傻了。她嘴巴張得大大的，一句話也說不出來。教室裡有些人笑了。胖女士一手拍向額頭，遮住了自己的眼睛。她手中的圖片掉了。我想她應該是不太舒服。

她踉蹌地倒退幾步，恢復理智後立刻朝我衝過來。教室裡頓時鴉雀無聲。她抓住我的脖子猛力晃動，整張臉都漲紅了。她大吼：「我就知道——我們早該知道的……太齷齪了……實在太齷齪了……竟然講出這種字眼……你……你這個小雜種！」

我實在不知道她究竟在吼些什麼，只能佇在原地想辦法，她又猛搖了我一陣，接著一掌拍向我的頸背，把我推出教室。

她把我帶往牧師大人的辦公室，自己走了進去，叫我在外面等著。我可以聽見他們說話的聲音，但聽不懂到底是在談論些什麼。

幾分鐘後她走出辦公室，頭也不回地自顧朝走廊的另一頭走去。牧師大人站在他的辦公室門口，非常小聲地說：「進來。」我就進去了。

他的雙唇微微張開，看起來好像要笑不笑的樣子，結果他沒笑。他的舌頭在嘴唇上舔來舔去，臉上滿是汗水。他叫我脫掉襯衫，我便照做。

我得先把連身工作服的吊帶拉下肩膀，才能脫掉裡頭的襯衫，這樣一來我還得用手拉著，小心別讓連身服整個掉下去。牧師大人走到他的書桌後方，拿出一根長長的木棍。

他說：「你是惡魔的化身，所以我知道你是不可能悔改的；但讚美上帝，你得以學會不以那邪惡之心加害基督徒。你不知悔改……但你可以大聲哭嚎！」

他手中的木棍落在了我的背上。第一下真的非常痛，但我沒有哭。之前有一次我不小心把自己的腳指甲掀開，奶奶便教會了我印地安人忍受疼痛的方法。每當遭遇肉體的痛苦，印地安人便會讓他的肉身心靈沉沉睡去，改由精神心靈來主宰一切感官。這時他就像靈魂出竅般脫離自己的身軀，「看著」疼痛降臨，而不是「感受」疼痛。

肉身心靈只能感覺到肉體的疼痛。精神心靈感知的則是精神層面的痛楚。所以我讓我的肉身心靈暫時休息。

那根木棍在我背上劃出一道又一道的傷口。第一根棍子打斷了，牧師大人又拿出另一根。

他下手毫不留情。「惡魔冥頑不靈，」他邊打邊唸，「讚美上帝，正義得以伸張。」他就這麼揮舞著手中的木棍，直到我整個人不支倒地。但我撐著虛弱的身體，搖搖晃晃地再次起身。爺爺說，只要還有站著的力氣，任何事情都擊不垮你。

眼中的地板似乎正搖晃傾斜，但我很快就穩住身子。牧師大人已經揮棍子揮到上氣不接下氣了。他要我穿上襯衫。我便乖乖穿上。

襯衫上沾了一些血跡。大部分的血都順著我的腿流到鞋子裡了，因為我沒有穿任何可以吸附鮮血的內衣褲。這讓我的雙腳黏搭搭的。

牧師大人命令我回到床上，一個禮拜不准吃晚餐。反正我本來就沒在吃。他還說了，這整個禮拜我都不能去上課，也不能離開房間半步。

不用套上連身服的吊帶感覺真是舒服，那個傍晚，我就這麼拉著我的連身服，站在窗邊觀賞天狼星。

我告訴爺爺奶奶還有柳樹約翰事發的經過。我告訴他們我完全不知道為什麼那位女士突然就生病了，也不知道為什麼牧師大人這麼生氣。我告訴他們我本來已經準備要認錯了，但牧師大人卻說我不懂得悔改，因為我是惡魔的化身。

我告訴爺爺，我真的不知道該如何是好。我說我好想回家。

這是我頭一回觀看天狼星看到睡著。韋伯恩吃完晚餐回到房間，把我叫醒時我正睡在窗戶底下。他說他趕緊吃完晚餐好回來看看我，結果看到我趴在地上。

韋伯恩說，等到一離開孤兒院，搶劫完這裡跟銀行後，就要立刻殺死牧師大人。他說他一點也不介意是否會下地獄，我也不介意。

那天之後的每個傍晚，我都會望著天狼星，告訴爺爺奶奶還有柳樹約翰說我想回家。

我沒有看他們傳遞過來的畫面，也沒有聽他們的話語，只是不斷地說我想回家。天狼星的光芒轉為熾紅色，恢復銀白光芒後又再一次發出紅光。

三天之後，天狼星被厚厚的雲層遮住了。狂風吹熄了孤兒院內的燈光，四周頓時一遍漆黑。我知道他們聽到我的呼喚了。

我開始期待他們來接我。冬日來臨，刺骨的冷風在深夜呼嘯作響。有些人不喜歡這樣哀號般的風聲，但我很喜歡。

每到戶外，我總是坐在橡樹底下消磨時間。她看起來好像睡著了，但她說為了我她會努力保持清醒。她的話語聲很緩慢，也很低沉。

有天傍晚，就在我們即將進屋的時候，我看到一個高大的男人，頭戴著一頂大大的黑色帽子，我覺得他是爺爺。他正走在街上，離我越來越遠。我立刻衝到鐵欄杆前大吼：「爺爺！爺爺！」但他沒有回頭。

我又跑到了籬笆的最邊緣處，但卻望著他的背影漸漸消失。我竭盡全力大吼：「爺爺！是我，小樹！」但他還是沒有聽到，就這麼走遠了。

那位白髮女士說聖誕節就要到了，每個人都應該快樂地歌唱才對。韋伯恩告訴我他們在教堂裡把所有的歌都唱了個遍。他說每個人都得學會唱歌，那些備受喜愛的男孩就像是一隻隻披著白色床單的雞，圍在牧師大人的腳邊團團轉，咯咯咯唱著合音的部分。我在房裡都能聽到他們的歌聲。

白髮女士說聖誕老公公就要來了。但韋伯恩說她根本是在鬼扯。

有兩個跟政客一樣穿西裝的男人扛來一棵大樹，他們笑著對大家說：「看呀，男孩們，看看我們帶來了什麼。是不是棒極了？棒極了吧？你們有專屬的聖誕樹了！」

白髮女士說這樹真的很不錯，她要大家也這麼說，並跟那兩位政客道謝。每個人都照做。

但我沒有。不管怎樣都不能砍樹。這是棵雄松樹，現在卻躺在大廳地上，緩慢地走向死亡。

政客們低頭看了看手錶，表示不能久留，但希望每個人都很快樂。他們要大家拿些紅紙裝飾聖誕樹，除了我和韋伯恩，每個男孩都興高采烈地玩起來了。

那兩個政客在門前喊了聲：「聖誕快樂！」我們所有人都圍著那棵聖誕樹打量了好一會兒。

白髮女士說明晚就是平安夜了，聖誕老公公會在中午的時候送禮物過來。韋伯恩說：「平安夜卻在中午送禮物，不覺得很好笑嗎？」白髮女士皺眉，對韋伯恩說：「韋伯恩，你每年都這樣講。你明明就知道聖誕老人很忙，有很多地方要去。你也知道他和他的助手們其實可以待在家裡過節。你該感恩才對，人家特地花時間來送禮物——不管是不是中午——他都特地為你送上聖誕祝福。」

「狗屁。」韋伯恩回應。

果然，隔天中午有四五輛車開進了孤兒院大門。男男女女們手捧著包裹下車。他們每個人頭上都戴了頂滑稽的小帽子，有的手上還拿了鈴鐺。他們一邊搖鈴一邊大喊：「聖誕快樂！」一次又一次，送上了歡欣的祝福。他們說自己是聖誕老公公的幫手。聖誕老公公最後才出現。

他穿著一身紅衣，腰帶裡還塞了一顆枕頭。他長長的的鬍子不像懷恩先生的是真的，而是另外貼上下巴的僵硬假鬍鬚，講話時完全不會跟著晃動。聖誕老公公大叫：「呵呵呵！」就這樣一路叫喊下去。

白髮女士說，大家應該都要很開心才對，也要跟那些人說「聖誕快樂！」每個人都聽話照做了。

有位女士給了我一顆橘子，我向她道謝。但她仍站在原地問我：「你不想吃這顆橘子嗎？」我只好聽她的，在她面前把橘子吃了。橘子很甜，我再次謝謝她，還稱讚說這真是一顆好橘子。她問我想不想再來一顆，我說好。但是接著她走到別的地方，再也沒有回到我這邊了。韋伯恩拿到一顆蘋果。那蘋果比懷恩先生老是忘在口袋裡的那顆來得小。

要不是那位女士要我馬上吃掉橘子，我一定會留一片跟韋伯恩交換一口蘋果，因為比起橘子，我更喜歡蘋果。

在場所有女士都搖著手中的鈴鐺，在清脆的叮噹聲中呼喊：「聖誕老公公要發禮物了！大家圍成一個圈！聖誕老公公準備了東西要給你們唷！」我們趕緊圍成一個大圈圈。聖誕老公公叫到你的名字時，你必須走向他領取你的禮物。他會拍拍你的頭、揉揉你的頭髮。然後你要跟他道謝。

其中某位女士會朝你大喊：「快打開呀！你不想看看自己拿到什麼禮物嗎？」接著場面就變得一團混亂，隨著越來越多人拿到禮物，女士們就忙著東奔西跑，催促大家趕快拆禮物。

我拿到我的禮物了，也有跟聖誕老公公說謝謝。他揉揉我的頭唱道：「呵呵呵！」然後馬上就有女士大叫催我把禮物拆開；我照她的話做，好不容易才把包裝紙給撕掉。

我拿到一個印有動物圖案的紙盒，韋伯恩說那是獅子。他還告訴我，那上面有個小洞，拉一下穿過洞口的那條繩子，裡頭就會傳出獅子的叫聲。

那條繩子斷了，但我想辦法把它重新接在一起。我在上頭打了一個結，但這樣一來繩結無法穿過洞口，獅子就只能吼出短短一聲。我跟韋伯恩說這叫聲聽起來反而比較像青蛙。

韋伯恩的禮物是一把水槍；但是水滴滴答答漏個不停。他試著用它來噴水，但射出來的水柱有氣無力的，直接往地上流去。韋伯恩說他尿尿都可以尿得比較遠。我說如果有楓香膠的話，應該有辦法修好這把槍；但我不知道這附近哪裡有楓香樹。

有位女士發給每個人一根拐杖糖。我也拿到一根。她走了一圈之後又遇到我，所以又給了我第二根。我把它折成兩半分給韋伯恩。

聖誕老公公開始吼叫道：「再見了各位！明年見！祝大家聖誕快樂！」接著他們所有人便重複同樣的話，也不忘搖搖手上的鈴鐺。

他們走出大門，所有車子就這麼揚長而去了。室內頓時又恢復一片平靜。我跟韋伯恩回房坐在床邊的地板上。

韋伯恩說，那些男男女女來自鎮上的一間鄉村俱樂部。他們每年都會來，如此就有機會外出做善事，還能感受感受酒醉的喜悅。他說他已經厭倦這堆事了，離開孤兒院後，他再也不管什麼聖誕節有的沒的。

接近黃昏時，所有人都必須上教堂慶祝平安夜。我自己一個人待在房裡。隨著夜色逐漸降臨，他們的歌聲也慢慢繚繞整個寢室。我站在窗邊，外頭的天空很澄澈，風勢也已經停歇。他們正唱著一首關於星星的歌，我認真聆聽，但那星星並不是天狼星。明亮的天狼星正悄悄爬上夜空。

他們在教堂唱歌唱了好久，我獨自一人望著天狼星爬上了高空，我告訴爺爺奶奶，還有柳樹約翰，我想回家。

聖誕節這天我們享用了一頓大餐。每個人都分到雞腿和雞脖子或雞胗。韋伯恩說每年的花樣都一樣。他說孤兒院養了一種很特別的雞，全身上下只有腿部、脖子和胃。我很喜歡這些雞料理，吃了個精光。

晚餐後我們可以做些自己喜歡的事。外頭很冷，除了我之外所有人都待在室內。我帶著我的紙盒穿過院子，坐在那棵橡樹下。就這麼坐了好長一段時間。

夕陽西下，當我準備起身離開時，看到了孤兒院外有個熟悉的身影。

是爺爺！他剛離開辦公室，正朝我的方向走來。我興奮地扔下手裡的紙盒，連跑帶跳地衝到他腳邊。爺爺跪下，我們緊緊抱著彼此，一句話也沒有說。

天黑了，我看不清爺爺帽子下的臉。他說他只是來看看我，現在必須回家了。他說奶奶沒辦法一起來。

我也想一起回家——想到快瘋了——但我怕這樣會給爺爺惹麻煩，所以並沒有說出心聲。我陪著他走向大門，又再次擁抱彼此。接著爺爺踩著緩慢的步伐，離開了孤兒院。

我佇立在原地，望著他的背影沒入黑夜中。我突然想到，爺爺有可能會找不到公車站。雖然我也不知道公車站在哪，但還是趕緊追了上去，或許能幫上一點忙。

我跟在爺爺身後走著，一路走上了街道。我看著他穿過大街抵達公車站後方。明亮的燈光照映在他身上。我獨自一人在街角徘徊。

聖誕節這天，每個人都在家裡與家人共度佳節，戶外一片寧靜。過了一會兒我大喊：「爺爺，我可能可以幫你看看站牌上的字。」爺爺聽到我的聲音絲毫不驚訝。他朝我揮揮手，我趕緊向他跑去。我們倆一起站在車站後頭，但我完全看不懂站牌上寫的是什麼玩意。

片刻後，有廣播告知爺爺應該要搭哪輛車。我跟著他一起走到那輛車旁。我們倆站在敞開的車門前，爺爺的目光看向別處。我拉著他的褲管，不是像媽媽喪禮過後那樣緊緊抱著他的腿，而是輕輕拉著。爺爺俯瞰著我。我說：「爺爺，我想回家。」

他看著我良久，然後蹲下來一把將我抱起，踏上了公車臺階。他一手抱著我，另一手取出錢包。「我要買我和我孫子的車票。」爺爺這麼說，口氣非常堅定。公車司機望著他，知道他不是在開玩笑。

我和爺爺走向車廂後頭。我真希望司機趕快把門關上。最後他終於關門發動引擎了，車子開上路，把車站遠遠抛在後頭。

爺爺摟著我，把我抱上他的大腿。我的頭靠在他的胸膛，但並沒有睡著。我看向窗子，上頭結了一層冰霜。車廂最後面沒有暖氣，但我們一點也不在乎。

我跟爺爺一起回家了。

一望無際的挺拔高山映入眼簾
璀璨爍亮的金色朝陽照亮山巔
靄靄白霧繚繞於山巒膝邊
漫不經心的清風吹響樹梢
拂過了藍天之下的翠綠山林。

半山腰處是綿密的雲海翻騰
在樹木與灌木叢間捎下了朵朵絮語
聆聽萬物自群山子宮中發出的低吟

屏息感受大地之溫潤與氣息之甜美
還有孕育新生命時那仿若雷鳴哭泣的陣陣律動。

深藏大地腹中的血脈淵源流淌
錯結的樹根吸吮著生命的泉源
大地之母的乳汁匯聚成透澈溪流
哺育了她親愛的孩子
她的靈魂因溪水的奔騰而雀躍
唱出了嘩啦嘩啦的泉水天籟。

我和爺爺踏上歸途。

20 回家

車程延續了好幾個鐘頭。我的頭靠在爺爺的胸膛，兩人一句話也沒有說，但也沒有入睡。公車中途停下兩三次，但我和爺爺都沒有下車。或許我們是害怕會有壞事發生，強迫我回去孤兒院。

我們踏上道路時已是清晨時分，但天色仍是漆黑一片。外頭非常冷，地面上都結冰了。我們沿著道路走了一段，接著轉向馬車道。我看見山了，它們廣闊幽暗的身影，比夜色更顯漆黑。我迫不及待地想迎向群山的懷抱。

離開馬車道，踏上山谷的小徑時，墨黑的夜色逐漸褪成了一片灰濛濛。突然間，我告訴爺爺，有件事情不太對勁。

爺爺停下腳步。「怎麼回事，小樹？」

我坐下來脫掉鞋子。「我感覺不到小徑，爺爺。」我說。脫下鞋子後，我感覺到大地的溫度穿透我的雙腳，一股暖意襲滿全身。爺爺笑了。他也跟著坐下脫掉鞋襪，將襪子塞進鞋子裡。接著他站起身，使盡全力把鞋子扔向剛剛走過的路。

「就送給你們吧！」爺爺大吼。我也有樣學樣，狠狠把鞋子往回丟，大吼著同樣的話；然後我們都笑了。我們簡直笑到停不下來，直到我跌倒在地，爺爺忍不住在地上打滾為止，他甚至笑到流淚了。

其實我們也不知道自己到底在笑什麼，但這真的是我們遇過最有趣的事情了。我告訴爺爺，要是有人看到我們，一定會說我們喝醉了，就跟那些被威士忌灌醉的白人一樣。爺爺也這麼想……但他說搞不好我們真的醉了——不一樣的醉法。

再度踏上小徑後，第一抹粉色的朝陽拂上了東方的山頭。氣溫漸漸升高了。松樹的枝葉在我經過時搔著我的臉龐，將我團團包圍。爺爺說它們是在確認我是不是真的回來了。

我聽到溪澗奏起了輕快的樂音，趕緊跑向水邊跪下，用臉感受那沁涼無比的暢快。爺爺站在原地等我。溪水輕輕拍打我的臉，然後浸濕了我的頭。它正在感受我的存在，潺潺的水聲變得更加嘹亮。

獨木橋映入眼簾時，日光已經高照，山風也呼呼吹響。爺爺說這風聲不是悲鳴也不是嘆息，而是在松樹林間來回穿梭，放聲告訴山林裡的動植物我回來了。老毛德也興奮地大叫。

爺爺大喊：「閉嘴，毛德！」接著成群的獵犬便衝過獨木橋，簇擁到我們腳邊。牠們全都在我身上跳上跳下，還把我整個人壓倒在地。他們舔得我滿臉口水，每次我掙扎著要起身，就會有某隻狗跳到我的背上，我只得繼續躺在地上享受牠們熱情的歡迎。

小紅高興地四條腿騰空躍起，躍至頂點還情不自禁扭了一圈。牠就這樣邊跳邊叫。老毛德也跟著這麼做。里皮則是模仿不成，整隻狗跌到溪水裡去了。

我跟爺爺又叫又笑，帶著這一群獵犬走過獨木橋。我看向門廊，但奶奶不在那兒。我停在橋上，沒有見到奶奶的身影，一股恐懼襲向我心頭。我突然下意識地轉頭張望，奶奶出現了。

天氣很冷，但她只穿了件鹿皮連身裙，銀白色的長髮在陽光下閃閃動人。她站在山邊一棵光禿禿的橡樹底下。她似乎是想在那兒偷偷望著我和爺爺歸來。

我興奮地大喊：「奶奶！」接著就不小心摔下獨木橋了。但我沒有受傷，因為我掉進溪水裡了。跟冷冽的空氣相比，溪水溫暖許多。

爺爺兩腿叉開，往水裡縱身一躍。他大喊：「喔喔喔喔喔耶！」便撲通一聲跳進了溪水裡。奶奶趕緊跑下山，整個身子沒入水中拚命游向我。我們就這麼在溪水裡翻滾，濺起的水花中夾雜了吼叫聲，我想應該也有些許哭泣聲。

爺爺坐在溪裡，朝著空中潑灑水花。獵犬們全站在獨木橋上望著我們，傻愣愣地搞不清到底發生了什麼事。爺爺說牠們肯定以為我們瘋了。接著牠們也跟著跳進水中。

一隻烏鴉啞啞大叫，停在了松樹枝頭上。下一秒牠突然振翅朝我們的方向撲來，一邊大叫一邊飛進了山谷。奶奶說牠正要去告訴大家我回來了。

奶奶替我把黃色外套掛在壁爐邊烘乾。爺爺到孤兒院探望我的時候，我剛好穿著它。我走進房間，穿上我的鹿皮襯衫和褲子……當然還有我的鹿皮靴子。

穿戴完畢後我立刻跑出家門，往山上跑去。獵犬也跟著我。我回頭看了看，爺爺和奶奶正站在後門的門廊目送著我。爺爺依舊光著腳，一手摟著奶奶。我繼續朝山上跑去。

經過穀倉時，老山姆噴著鼻息跟在我後頭走了一段路。我一路跑上小徑、狹道，抵達懸空裂口，一刻也不想停下腳步。風兒跟著我的步伐呼嘯，松鼠、浣熊和鳥兒也衝出樹林，在我經過時呼喊著我。這真是一個清明的冬日早晨。

回程的路上，我慢下腳步走進我的祕密基地。它跟奶奶傳給我的畫面一模一樣。光禿禿的樹木下，鏽紅色的葉片高高堆起。濃密鮮紅的漆樹將這裡團團包圍，不讓任何人發現。

我躺在地上良久，和打著瞌睡的樹木談天說地，也仔細聆聽風兒的歌聲。

松樹喃喃自語，風兒輕聲耳語，它們齊聲高唱：「小樹回家了……小樹回家了！」這歌聲時而低沉，時而高亢，連山澗也嘩啦嘩啦加入了大合唱。獵犬們也聽見歌聲了，牠們不再嗅聞著地面，而是豎起雙耳仔細聆聽。牠們圍在我身旁躺下，露出了心滿意足的模樣。

我躺在祕密基地，度過了短暫的冬日白晝。我心靈的傷口已經癒合。風兒與山林、溪澗與鳥兒撫慰的歌聲洗淨了那道傷。

山中萬物不在意，也不理解肉身心靈是如何運作，就如同那些只會用肉身心靈思考的人們，也不理解林中的生命。所以它們不跟我談地獄，也不問我來自何方，更不會說些邪惡的事。它們不曉得如何用文字傳達情感；過不了多久，我也可以只憑藉大自然的聲響體會情感，不再依賴文字。

太陽落下山頭之際，最後一抹餘暉落在了懸空裂口。我跟獵犬們一同朝家的方向前進。

走入崁在藍色天幕中的山谷，我看見爺爺奶奶站在後門，面向著山坡等待我歸來。到了家門，我們緊緊擁抱彼此。無須隻字片語，我們也能理解彼此。我回家了。

那天晚上我脫下襯衫，奶奶看見了我背上的傷痕。她問我這是打哪來的，我便將事情的經過告訴爺爺奶奶，但我說這一點也不痛。

爺爺說，他會把這件事告訴高層警長，再也沒有人可以把我帶走。我知道一旦爺爺開口，便已是下定決心——從此之後果真沒有人再來。爺爺說最好不要把被鞭打這件事告訴柳樹約翰。我不會說的。

那晚我們圍坐在火爐前，爺爺講了這個故事。他說，那天他們望著天狼星，突然有很不好的預感，然後某天黃昏，柳樹約翰出現在家門口。

他跋山涉水來到小屋。他什麼也沒說，只是和爺爺奶奶一起就著壁爐火光吃晚餐。那晚他們沒有點燈，柳樹約翰也沒有摘下帽子。爺爺奶奶說，那天他睡在我的床上過夜，但隔天一早就不見蹤影了。

那週週日，爺爺奶奶上教堂，柳樹約翰不在那兒。他在我們碰面的那棵高大榆樹的樹枝上綁了張紙條，上頭寫著他很快就回來，不用擔心。到了下個週日，那張紙條依舊掛在樹上；但是再過一個禮拜，柳樹約翰回來了，正站在樹下等著爺爺奶奶。他沒說他去了哪裡，爺爺也沒有過問。

爺爺說，後來高層警長要他到孤兒院一趟，他聽了便立刻出發。到了孤兒院後，牧師大人看起來病懨懨的，還說他正打算在放棄收養我的文件上簽字。他說有個野蠻人跟蹤了他兩天，最後還擅自闖進他的辦公室，落下一句「小樹必須回去山中的家」就離開了。牧師大人說，他再也不想跟這種野蠻人或是異教徒之類的人糾纏不清。

我現在才知道，那個從孤兒院外走過，我誤以為是爺爺的人，原來是柳樹約翰。

爺爺接著說，他走出孤兒院辦公室看見我時，已經知道他們不打算收養我了。但他不確定我是比較想留下來跟其他小男孩待在一塊呢……還是比較想回家……所以他讓我自己決定。

我告訴爺爺，我剛到孤兒院的那天就想回家了。

我還跟他們說了韋伯恩的事。我把那個紙盒放在橡樹底下，韋伯恩肯定會發現的。奶奶說她要做一件鹿皮襯衫送給韋伯恩。她確實這麼做了。

爺爺說他要送韋伯恩一把長刀，但我告訴他，韋伯恩可能會用它來刺殺牧師大人，爺爺便打消了這個念頭。從那之後，我們再也沒有韋伯恩的消息。

那個週日我們一起上教堂，我搶在爺爺奶奶之前，第一個跑過外頭的空地。柳樹約翰正站在樹後等我們，我知道他肯定在那兒，戴著他那頂老舊的黑色平沿帽。我飛奔向他，緊緊抱著他的腿，也緊緊擁抱了他。我說：「謝謝你，柳樹約翰。」他沒有回答，但用手拍了拍我的肩膀。我抬頭看向他，那雙眼眸閃爍著深邃漆黑的光芒。

21 輓歌

雖然我和爺爺得在寒冷的天氣中劈柴，但這仍舊是一個快樂的冬天。爺爺砍柴進度落後，他說要是我沒回來，他們可能就得受凍了。我也這麼覺得。

這個冬天酷寒無比。釀酒前我們都得在蒸餾場生火，好融化凝結在蒸餾器具上的冰霜。爺爺說，偶爾來一次寒冬是必須的。大自然藉此展開一段物競天擇的過程。寒冰壓斷了樹木的細枝，留下粗壯的枝葉蓬勃生長。寒風掃去了脆弱的橡實、栗子、板栗和核桃，讓山民們得以豐收最結實的堅果。

冬去春來，又到了耕種的季節。我們種下了比往年更多的玉米，期待秋天能收成更多釀造威士忌的原料。

在這經濟不景氣的年代，喬金斯先生說，其他行業日漸萎靡的情況下，只有威士忌買賣獨領風騷。他覺得這是因為人們必須借酒澆愁，仰賴威士忌來忘卻一切煩憂。

今年夏天我滿七歲。奶奶將象徵爸爸媽媽共結連理的婚姻木送給我。因為他們結婚的時間並不長，所以上頭沒有太多刻痕。我把婚姻木放在床頭板上。

夏天的暑氣讓位給了秋日的涼爽。有個星期日，柳樹約翰沒有去教堂。那天我們走過教堂前的空地，榆樹下沒有他的蹤影。我跑進樹叢裡大喊：「柳樹約翰！」但他不在那兒。所以那天我們直接打道回府，沒有進去做禮拜。

爺爺奶奶很擔心柳樹約翰。我也是。我們找過了，他沒有留下任何訊息。爺爺說有事情不對勁。我和爺爺決定去找他。

禮拜一一早，天還沒亮我們就踏出家門。我們在清晨的微弱光線下走過路口的商店和教堂。接著便一路朝山上前進。

我從來沒有爬到這麼高的地段過。爺爺刻意放慢腳步讓我跟上。這是一條很古老的小徑，幾乎已被蔓草和塵土覆蓋。小路沿著山脊一路向上攀升，直通另一座山脈。依著山側蜿蜒前行的道路，幾乎全是上坡。

海拔越高，一路上的樹木就越矮小，也盡是飽受風霜侵蝕的痕跡。山頂處有一道淺淺的褶皺；深度不夠所以不能稱作山谷。樹木立於褶皺兩側，裡頭的地面鋪了一層厚厚的松針。柳樹約翰的小屋就在那裡頭。

他的小屋不像我們家是由粗大的木頭蓋成，而是以較細小的木材搭建。小屋坐落在這個凹口裡，周圍的樹木是它最好的屏障。

我們帶鬱悶男孩和小紅一起來。牠們一看到小屋，馬上昂起鼻子發出哀鳴。這肯定不是好預兆。爺爺率先走進小屋；他得彎下身子才能穿過大門。我跟在後頭進屋。

這間小屋只有一間房間。柳樹約翰就躺在裡頭鋪著鹿皮、由嫩枝架成的床上。他一絲不掛，削瘦的古銅色身軀仿若一顆凋萎的大樹，還有一隻手癱軟無力地垂到了地上。

「柳樹約翰！」爺爺輕聲呼喊。

柳樹約翰睜開雙眼。他的目光聚焦在遠處，但臉上露出了微笑，「我就知道你們會過來，」他說，「所以我就在這兒等著。」爺爺看到一旁有個鐵製水壺，要我去取些水來。我發現小屋後頭的岩石間有清水汩汩流出。

小屋門邊有個小火坑，爺爺生火，把水壺放在上面煮。他把幾塊鹿肉放進水裡熬煮；水燒開後，爺爺用臂彎撐起柳樹約翰的頭，一勺一勺地餵他喝湯。

我在角落找到一些毛毯，立刻替柳樹約翰蓋上。他閉上眼睛沉沉睡去。天黑了。我和爺爺不斷在火坑裡添加柴薪，不讓它熄滅。山頂的強風呼呼作響，吹得小屋的每個角落都發出了哀鳴。

爺爺盤腿坐在火堆前，炙熱的火光在他臉上一閃一滅，他的面容看起來越來越蒼老……顴骨處的皺紋彷若飽經風吹雨打的岩石峭壁。他雙眼盯著火堆，漆黑的眼眸也跟著燃燒起來，但眼底發出的不是熊熊火光，而是將熄的餘燼。我蜷縮在火堆旁睡著了。

醒來時天已經亮了。燃燒的火焰正奮力將趁虛而入的晨霧趕出門外。爺爺依舊是盤腿坐在原處，彷彿一整晚都沒有移動，但我知道他一直都在添補木柴。

柳樹約翰身子動了一下，我和爺爺立刻跑到他床邊。他睜開雙眼，伸手指向門外。「帶我出去吧。」

「外面很冷。」爺爺說。

「我知道。」柳樹約翰虛弱地說。

爺爺好不容易才將柳樹約翰抬起來，因為柳樹約翰的雙腿虛弱到無法站立。我也盡力幫忙攙扶。

爺爺扶著他走出門外，我拖著嫩枝木床跟在後頭。爺爺奮力爬上褶皺的邊緣，我們將柳樹約翰的木床放在這兒。我們替他裹上毯子，也幫他穿上鹿皮長靴。爺爺將一塊鹿皮摺好，墊在柳樹約翰的頭下方。

陽光在我們身後探頭，將寒涼的霧氣驅趕到了森林深處，一路追逐著殘存的夜色奔跑。

柳樹約翰的目光越過了西邊的山巒和谷地，落在了遙遠的遠方，那個稱之為「祖國」的地方。

爺爺走回小屋，將柳樹約翰的長刀拿出來放到他手中。柳樹約翰舉起長刀，指向一棵已經彎曲糾結的冷杉。他說：「我死了之後，請將我的遺體葬在那棵冷杉下。她將大量種子奉獻給這座山林，替我遮風擋雨，給了我一個溫暖的避風港。我的遺體是我能給的最大報答，讓她足以再撐過幾個月的風吹雨打。」

「我們會的。」爺爺回答。

「告訴邦妮蜜蜂，」柳樹約翰有氣無力地接著說，「來生會更好的。」

「好的。」爺爺說。

我和爺爺坐在柳樹約翰兩側，兩人都緊緊握著他的手。

「我會在那兒等你。」柳樹約翰這麼對爺爺說道。

「我們會去找你的。」爺爺回應。

我告訴柳樹約翰說不定他只是感冒而已；奶奶說感冒這事很普遍。我還說，他一定能夠痊癒，之後就能下山來和我們一起住。我不停說著他一定能夠戰勝病魔，一定能夠撐過去的。

他對我咧嘴一笑，用手揉揉我的頭頂。「你有顆善良的心，小樹，但我並不想繼續活在這世上，我想離開了。我會在那個世界等你的。」

我哭了。我問他能否考慮再多待一段時間，等明年天氣暖和了再離開。我告訴他這個冬天山胡桃木長得特別茂盛，也告訴他很快就有肥美的鹿了。

他露出笑容，但並沒有回答我的問題。

他的目光又落向了遙遠的西方，彷彿我跟爺爺不存在似的。他替自己唱起了輓歌，告訴先人們他正準備過去與他們團聚。這是一首死亡之歌。

歌聲由一開始自喉頭發出的低沉嗓音，逐漸轉成高亢的音調，然後越來越小聲、越來越微弱……

那一瞬間你幾乎無法分辨繚繞在你周圍的究竟是風聲，還是柳樹約翰的歌聲。他的雙眸漸漸黯淡，喉頭也僅剩下了微弱的震動。

我和爺爺看著他的靈魂自他的眼底慢慢抽離，然後感覺到那靈魂離開了肉體。柳樹約翰走了。

山風在我們身邊嗚咽，吹彎了那棵老冷杉。爺爺說，這陣風不只是風，而是柳樹約翰。

他強壯的心靈化成了這股大自然的力量。我們看著這股氣勢壯闊的強風一路吹彎了山脊的群樹，挾著無比的力量襲向山側，驚起了一群烏鴉振翅飛出。牠們發出一聲又一聲震耳的啞啞聲，伴著柳樹約翰在高空中自在遨遊。

我和爺爺佇在原地，目送著柳樹約翰飛過巍巍高山、蒼蒼莽莽，抵達那個我們看不見的遠方。我們在那看了好長一段時間。

爺爺說柳樹約翰會回來的，我們可以感受到他化為空中的一縷風，藉由吹動樹梢向我們傳達他的思念。我們可以感受到的。

我和爺爺一起用長刀挖了一個洞，就在老杉木的樹蔭下。我們挖了很深一個洞。爺爺又替柳樹約翰裹上另一條毯子，然後我們才合力將他抱進洞穴中。爺爺也替柳樹約翰把帽子放進去，還有那把他總是緊握在手中的長刀。

我們在柳樹約翰的遺體上鋪了厚厚一層石塊。爺爺說浣熊最好不要來這裡搗亂，因為柳樹約翰已經誓言將遺體奉獻給這棵老冷杉。

我和爺爺下山時太陽已經西斜。我們沒有移動小屋裡的任何東西，就讓它維持原來的樣貌。爺爺只拿了一件柳樹約翰的襯衫，是要給奶奶的。

回到山谷已是午夜時分。我們聽到哀鴿的哭聲自遠方傳來。沒有人回應牠。我知道牠是為了柳樹約翰哭泣。

我們進屋時，奶奶點亮了煤油燈。爺爺一句話也沒有說，將柳樹約翰的鹿皮襯衫放在桌上。奶奶看了便知曉一切。

那天之後我們再也沒有上教堂。我一點也不在乎，因為柳樹約翰再也不會在榆樹下等我們了。

我和爺爺奶奶接下來又共度了兩年多的時光。我們都知道說再見的時刻已經不遠，但都沒有說出口。現在不論我和爺爺去到哪兒，奶奶都跟我們一起。我們努力把握住這共享的充實生活。四季獨有的美景，我們都與彼此分享。在涼爽的秋日，每當最火紅的葉片映入眼簾，我們總是高舉著手指著，確保每個人都看見了。最湛藍的紫羅蘭感受到了春神的輕拂，花瓣盛開之時我們也從不錯過。

爺爺不再像從前健步如飛了。現在他總是拖著鹿皮靴子蹣跚的前行。我負責扛更多貨物，麻袋裡裝著比從前更多的密封酒罐，被分配到的工作也越來越多。但我們從未提起這些改變。

爺爺教我如何揮動斧頭，才能俐落快速地劈下木頭。現在我可以比爺爺採收更多玉米，且為了讓他不必辛苦彎腰，我都將最容易採收的玉米穗留給他；但我什麼也沒說。我還記得爺爺過去是如何教導我老林克的感受的，雖然牠老了，但依舊能體會自身的價值。那年晚秋，老山姆死了。

我問爺爺是不是要再找一頭新的騾子，但爺爺說春天到來之前還有一段時間，我們可以等到那時再來考慮。

現在我們——爺爺、奶奶還有我——越來越常上山散步。爬山對他們來說已經變成一項吃力的運動，但他們依舊喜愛坐在山上眺望山巒。

爺爺就是在山上跌倒的，那次意外嚴重到他完全站不起來。我和奶奶一起把他扛下山，一路上他不斷唸著：「很快就沒事了。」但他一直沒有好起來。我們讓他躺到床上。

松樹比利來探望爺爺，還留下來幫忙照顧。爺爺想聽他演奏小提琴，松樹比利便在燈光的映照下，讓自己修剪的頭髮自然垂下，彎著脖子拉起了小提琴。眼淚自他的臉頰滑下，一路滴落在他的琴還有他的工作服上。

爺爺出聲：「別哭啦，松樹比利。你搞砸了美妙的音樂。我想聽的是小提琴的琴聲。」

松樹比利笑出聲來：「我才沒有哭。只是感、感冒而已。」才剛這麼說完，他就突然放下小提琴，奔到爺爺的床邊，伏在床單上大哭起來。松樹比利從來不會掩飾自己的情感。

爺爺抬頭大吼，但聲音很虛弱：「你這個白癡，看你把紅鷹牌鼻煙噴得滿床都是！」床上還真的灑滿了鼻煙。

我也哭了，但沒有讓爺爺看到。

爺爺的肉身心靈越來越虛弱，最後睡了過去，接著便由他的精神心靈主宰一切。他不停跟柳樹約翰講話。奶奶緊緊抱著他的頭，在他耳邊輕聲低語。

接著爺爺的肉身心靈突然又恢復力氣。他要我替他戴上帽子。我扶著他的手，他笑著對我說：「這一生我過得很好，小樹。來生會更好的。我會在那兒看著你的。」然後他走了，和柳樹約翰離開的方式一樣。

我知道這事遲早會發生，但仍舊不敢相信眼前的一切。奶奶爬上床，躺在爺爺身旁，緊緊地抱著他。松樹比利在床腳放聲大哭。

我走到屋外，獵犬們也在大聲哭泣，牠們也知道爺爺走了。我走下小徑，踏上岔路，這次沒有爺爺在前方帶領我。就在這時我發現，世界已經來到盡頭了。

淚水完全模糊了我的視線，一路上我不停摔倒又爬起，次數多到完全數不清。我走到十字路口的小店，我告訴喬金斯先生，爺爺走了。

喬金斯先生年紀大了，走不了那麼遠的路。所以他讓他已經成年的兒子和我回家。他牽著我，像是牽著一個小嬰孩一般，因為我完全看不清前方的路，也不知道自己究竟正前往何處。

喬金斯先生的兒子和松樹比利一起製作了棺木。我也有幫忙。因為我記得爺爺曾經說過，如果有人幫助你某件事情，你也有義務要盡一份心力；但我並沒有幫上太多。松樹比利不停哭泣，也無法專心在手上的工作。他還用鐵鎚敲到自己的大拇指。

奶奶在前方帶路，松樹比利和喬金斯先生的兒子合力將棺木抬上山，我和獵犬走在隊伍最後頭。松樹比利仍舊止不住淚水，害我也控制不了自己的情緒。但我不想讓奶奶擔心。獵犬們一路上也不斷發出悲鳴。

我知道奶奶要將爺爺帶到哪兒：他的祕密基地。那就坐落在山頂處，爺爺總是坐在那裡欣賞日出，不厭其煩地喃喃道：「她活過來了！」每一次都彷彿從未見過這般美景。搞不好真的是那樣。或許每一次晨曦劃破天際的光景都不盡相同，爺爺總能看得出些微差異。

這是我第一次上山那天，爺爺帶我來的地方。我知道爺爺親我。

我們將爺爺的棺木放到地上時，奶奶的目光看向群山，眼神飄到了遠方。她沒有哭。

山上的強風將奶奶的髮辮高高吹起，在她身後隨風飄揚。松樹比利和喬金斯先生的兒子下山了。我和獵犬們望著奶奶的背影一晌，隨後也悄悄離開。

我們坐在半山腰的樹下等奶奶。西斜的餘暉伴隨著她回來。

我試著獨自負責兩個人的工作量。我一個人釀造威士忌，但是品質大不如前。

奶奶拿出所有懷恩先生送我的算術本，督促我認真學習。我一個人去鎮上借書，現在換成我坐在爐火邊朗讀，奶奶望著舞動的火花聆聽。她說我唸得很好。

老里皮走了，同一年的冬天，老毛德也跟著離去。

春天來臨之前，我走狹道回到山谷。我看到奶奶坐在後門廊上，身下的搖椅輕輕擺動。我走入山谷時她沒有看著我，而是看著高山。我知道她去陪爺爺了。

她身上穿的是那件橘色、綠色、紅色和金色的洋裝，是爺爺最喜歡的一件。她的胸前夾著一張紙條，上面寫著：

小樹，我得走了。就像你感受得到樹木一樣，只要用心聆聽，也能聽到我們思念你的心聲。我和爺爺會在那裡等你的。來生會更好。別擔心我們。奶奶。

我把奶奶嬌小的身軀抱進屋裡，讓她躺到床上，那整天我都坐在床邊陪伴她。鬱悶男孩和小紅也一起陪著。

那天傍晚我去找松樹比利，我們一起陪伴奶奶過夜。他一邊哭泣一邊拉著他的小提琴。弦音譜出的是風聲……天狼星……山嶺……日出……還有生命的終點。我和松樹比利都知道，爺爺奶奶也正聆聽著這段樂曲。

隔天我們一起做了棺木，合力抬到山上，將奶奶葬在爺爺身旁。我帶著他們的老山胡桃木，讓它豎立在我和松樹比利一起堆疊的石塊當中。

我看見山胡桃木上有他們替我刻下的痕跡，就在靠近底端的地方。那些痕跡很深刻，代表的是我們共有的快樂時光。

我、鬱悶男孩還有小紅，一起撐過了那個冬日，迎向來年的春天。然後我去到懸空裂口，把我們的蒸餾銅鍋跟蟲蟲給埋了。我的釀酒技術不及格，學到的買賣技巧也僅僅是皮毛。我知道爺爺不希望有任何人用這些器具，釀出品質不佳的威士忌。

我帶著那些過去買賣貨物奶奶替我存下的錢，打算帶著鬱悶男孩和小紅，一起越過群山，朝著西方的祖國前進。離開的那天早晨，我們關上家門就上路了。

我去農場找工作，要是那些人不讓我帶著鬱悶男孩和小紅，我就再去找別的農場。爺爺說我們虧欠獵犬們太多了。他說得對。

行經阿肯色州的奧札克高原時，小紅掉進了結冰河面的洞口，就這麼在群山的懷抱下死去。這樣離開世界的方式，正是屬於獵犬的死亡方式。我和鬱悶男孩繼續往祖國前進，然而祖國已經不復存在了。

我們一邊向西，一邊在農場打工賺錢，長途跋涉之後，總算到了平地。

一天傍晚，鬱悶男孩跑到我的馬身旁，接著就不支倒地。我知道牠走不動了。我把牠抱起來放在馬鞍上，然後策馬轉身，背對遠方西馬隆地區朱紅色的夕陽。我們回去東方吧。往回走的話，我就無法繼續在農場工作，但我不在乎。我用十五塊錢買下這匹馬和馬鞍，它們是屬於我的。

我和鬱悶男孩想要找一座山。

天亮前我們找到了。那不太像山，比較像一座小丘，但鬱悶男孩一看見它就發出了嗚咽聲。我抱著牠爬上丘頂時，朝陽正好照亮了東方的天空。我挖了一個墳墓，鬱悶男孩立刻躲進去，看著緩緩爬上高空的太陽。

鬱悶男孩抬不起頭，但牠豎起一隻耳朵，眼睛直勾勾地看著我，告訴我牠知道自己即將離開了。我坐在地上，將牠的頭抱在懷裡，牠用盡最後一絲氣力舔了舔我的手。

半晌後，鬱悶男孩的頭滑下我的臂膀，靜靜地離去了。我將牠的遺體深深埋進土裡，在上頭堆放了許多石頭，不讓任何生物打擾到牠。

鬱悶男孩的嗅覺非常靈敏，我想牠老早就踏上回家的路了。

牠毫不費力就趕上了爺爺的腳步。

高寶書版集團
gobooks.com.tw

RR 025
少年小樹之歌
The Education of Little Tree

作　　者　佛瑞斯特．卡特（Forrest Carter）
譯　　者　蕭季瑄
責任編輯　林子鈺
封面設計　謝佳穎
內文排版　賴姵均
企　　劃　鍾惠鈞

發 行 人　朱凱蕾
出　　版　英屬維京群島商高寶國際有限公司台灣分公司
　　　　　Global Group Holdings, Ltd.
地　　址　台北市內湖區洲子街 88 號 3 樓
網　　址　gobooks.com.tw
電　　話　(02) 27992788
電　　郵　readers@gobooks.com.tw（讀者服務部）
　　　　　pr@gobooks.com.tw（公關諮詢部）
傳　　真　出版部 (02) 27990909　行銷部 (02) 27993088
郵政劃撥　19394552
戶　　名　英屬維京群島商高寶國際有限公司台灣分公司
發　　行　英屬維京群島商高寶國際有限公司台灣分公司
初版日期：2021 年 03 月

THE EDUCATION OF LITTLE TREE by FORREST CARTER
Copyright: © 1976, 2004 by FORREST CARTER; © 2008 by India Carter LLC
This edition arranged with BOWEN BOOKS LLC
through BIG APPLE AGENCY, INC., LABUAN, MALAYSIA.
Traditional Chinese edition copyright: 2021 Global Group Holdings, Ltd.
All rights reserved.

國家圖書館出版品預行編目 (CIP) 資料

少年小樹之歌 / 佛瑞斯特．卡特 (Forrest Carter)
著；蕭季瑄譯． -- 初版． -- 臺北市：英屬維京群
島商高寶國際有限公司臺灣分公司，2021.03
　面；　公分． -- (Retime; RR 025)

譯自：The education of little tree.

ISBN 978-986-506-002-2(平裝)

874.57　　110000347

凡本著作任何圖片、文字及其他內容，
未經本公司同意授權者，
均不得擅自重製、仿製或以其他方法加以侵害，
如一經查獲，必定追究到底，絕不寬貸。
版權所有　翻印必究

GOBOOKS
& SITAK
GROUP ©